リボーン

五 十 嵐 貴 久

幻冬舎文庫

リボーン

WARNING

本作『リボーン』で「リカ・クロニクル」は完結します。

「リカ・クロニクル」の作品はそれぞれ独立していますが、
『リボーン』は前作『リベンジ』に直結する物語です。

ですので、本作をお読みになる前に、
まず『リベンジ』をお読みください。

少ないとは思いますが、本作で初めて
「リカ・クロニクル」を読む方もいるでしょう。

言わずもがなですが、主人公であるリカについて
知っていた方が、本作『リボーン』を楽しめます。

できれば、第一作である『リカ』を読んでから
『リベンジ』、本作を読んでいただきたい、
と作者は切に願っております。

五十嵐貴久

目次

scream 1

依頼

1

ああ、何てことを。何て酷《ひど》い。

どうしてブレーキを踏まなかったの？　あいつあの女あの殺してやりたい。わたしの、この手で。

わたしの娘、愛する天使を撥《は》ね飛ばした車。運転していたのは女だった。女。馬鹿。

でも、そんな時間はない。ああ、里佳《りか》。ママと同じ名前の世界で一番可愛い女の子。

大丈夫。必ずママが救ってあげる。あなたを死なせたりはしない。そんなこと、許されるはずがないもの。
あなた、どこにいるの？　ああ、畜生。くそ電話が通じない。あなた、何をしてるの。助けて。リカを助けてリカをリカをリカを
愛してるって言ったじゃない。あんなにリカを愛してると愛してると言ったじゃない。それなのに、どうしてここにいないの。どうしてなんでばかリカここにいておまえおまえおまえ
どうしよう。里佳が血だらけ。あんなスピードで走ってくるなんて、馬鹿な女。だから女は馬鹿なんだ。女女女女女。
違う。あの女はリカを狙ってた。間違いない。でも、どうして？
リカは何もしていない。本当よ。何も何もなにもなにもなにも
それなのに、あの女の目には敵意があった。違う。殺意。そう、殺意。
わかる。リカが羨ましかったんでしょ？　ゴメン、でも仕方ない。
リカとあの人と里佳。どんな家より仲が良くて、三人でいればそれだけで幸せほかにはなんにもいらないいらない
ごめんなさい。リカ、何も考えてなかった。でも、悔しいよね。嫉妬するよね。だから殺

そうと思ったんだね。
許してあげる。リカは優しいから許してあげる。本当よ。
たった今入ったニュースです。東京都杉並区で轢《ひ》き逃げ事件が発生しました。犯人は三十代から四十代の女性
里佳？　目を開けて。ママと同じ名前の愛しい娘。誰よりも誰よりも愛してる。お願いだから目を開けて。
いつもみたいに可愛いお喋《しゃべ》りを聞かせて。学校のこと、友達のこと、何でもいい。何でもいいのお願いお願い、
あなた、どこにいるの？　どうして電話に出ないの？
男の人はいつもそう。大事な時にいなくなる。嫌だ、いらいらする。リカいらいらするいらいらするいらいらするととまらなくなって
大丈夫、里佳。ママが治してあげる。ママ、ナースだったんだよ。教えたでしょ？
ママのパパ、里佳のグランパはお医者さんだったの。麻布で大きな病院を開いていたのよ。名医って評判だった。
だから大丈夫。ママが治せなかったら、グランパに診てもらえばいい。グランパはどんな怪我でも治せる。だってリカのパパだから。

こんなひどいこと、あっていいの？　あの女。馬鹿女。許さない。絶対許さない。馬鹿な女しねばいいしんだらいいんだあんなおんなはしんだほうがましだどうしてあんなことをゆるさないころすころしてやるりかおねがいめをあけてくださいああかみさまおねがいおねがいおねがおねがいしますぁいっころすおねがいだからりかおねがいよめを

2

中途半端に伸びている髪の先から、雨の滴がぽたぽたと床に落ちた。全身が氷になったようだ、と堀口徹《ほりぐちとおる》は思った。

体の震えが止まらない。寒さで歯ががちがちと鳴った。

顔を右に向けると、小柄な女性が座っていた。顔色は白を通り越して青に近い。

童顔で、すれ違っただけなら二十代後半と思ったかもしれないが、四十歳を超えているのはわかっていた。小野萌香《おのもえか》という名前もだ。

「あの……堀口といいます。青木《あおき》さんの同僚です」

声をかけると、萌香が小さくうなずいた。堀口はジャケットを脱ぎ、そのまま差し出した。

「寒いでしょう。この病院は暖房を入れてないようです。まだ十一月ですからね……タオル

があればいいんですが」

すみません、と萌香がジャケットを肩からはおった。柏原《かしわばら》さん、と堀口は小声で言った。壁に手をついたまま、カシワバラプライベートディテクティブカンパニー（ＫＰＤＣ）所長の柏原が立っていた。

どうなってるんだ、と柏原が廊下の奥に目をやった。手術中、と赤いライトが灯っていた。病院に着いてからどれぐらい時間が経ったのか、と堀口は濡れた顔を拭った。時間の感覚がない。記憶もぼんやりしていた。

ただ、久我山の公団前の道路に入った時、何を見たかは覚えていた。激しい雨の中、猛スピードで走っていたパトカー。ボディがへこんだ車。

青木孝子《たかこ》を抱きしめたまま、涙を溢れさせていた小野萌香。道路にぽつんと落ちていた孝子の両足。

孝子の両膝から迸《ほとばし》る赤い血と雨が混ざり、道路に異様な模様を残していた。

青木、と怒鳴った柏原が助手席から飛び降り、堀口もそれに続いた。数人の私服刑事がパトカーを走って追っていたが、五台の警察車両がそれを追い越し、入れ替わるように、サイレンを鳴らした救急車が入ってきた。

そこから先は混沌としていた。救急隊員が孝子を救急車に乗せ、走り去った。柏原が年配の刑事と話し、萌香を車に乗せろと叫んだ。指示に従い、堀口は彼女を車の後部座席に押し込み、井の頭総合病院に運んだが、その時には孝子の手術が始まっていた。

交通事故で腕を切断しても再建できる、と聞いたことがあった。切断面がきれいなら、すぐに手術をすると皮膚や神経が再生し、結合する。運が良ければ、元通りになることもある。

でも、と堀口は赤いライトを見つめた。孝子はそうならない。

柏原が腕を組んだ。しばらく経つと、ライトが消え、ドアが開いた。何も考えられないま ま、堀口は立ち上がった。

出てきた白衣の男が小さく首を振った。柏原が壁を拳で強く叩いた。

3

十一月七日、夕方四時。堀口は日比谷のホテルクラウンの正面エントランスに立っていた。ハンドバッグを抱え、リネンのベージュのブラウス、同色のロングスカート姿の小野萌香が近づいてきた。堀口は先に立ち、ホテルのラウンジに入った。

奥の席に、柏原が座っていた。隣にいた年配の男が立ち上がり、お呼び立てしてすみません、と柔らかい声で言った。

警視庁の戸田《とだ》警視長です、と萌香の耳元で囁《ささや》き、堀口は柏原の隣に腰を下ろした。

近づいてきたウエイターに、紅茶をお願いします、と萌香が言った。今日の未明、と戸田が小さく咳払いをした。

「青木の死亡が確認されたのはご存じですね？」

萌香が小さくうなずいた。二年半前まで、と戸田が話を続けた。

「青木は警視庁に勤務していました。事情があって退職しましたが……私は警察庁の警視長で、いわゆるキャリアです。直属の上司ではありませんが、広い意味で言えば、青木も私の部下になります。現在、私は警視庁に籍を置き、半年前から参事官を務めています。平たく言えば出向です」

小野さんにはわからないぞ、と仏頂面で柏原が言った。

「キャリアだノンキャリアだ、それが通じると思ってるのか？　これだから東大卒は世間知らずだと……小野さん、私も元刑事です。戸田は私の同期で、歳《とし》も同じですが、立場は天と地ほどに違います。刑事ドラマに出てくるお偉方で、国家公務員総合職採用のスーパーエリートですよ」

今日は私人として来ている、と戸田が口をへの字に曲げた。

「小野さん、まず状況を説明させてください。雨宮リカは知っていますね？」

「はい」

複数の殺人容疑で指名手配されています、と戸田が言った。

「警察官、救急隊員を殺し、余罪も山のようにあります。そのひとつが約十二年前に起きた男性の拉致監禁事件です。ある男性が久我山で妻、そして娘と暮らしていました。昨夜、あなたがいた公団です。十二年前、あそこはマンションだったんです」

「そうですか」

「リカがその男性を拉致し、警視庁は総力を挙げて行方を追いましたが、所在不明のままです。詳細は省きますが、二年半前にその男性の遺体が発見され、それをきっかけにリカの再捜索が始まりました。その際に起きた事件の責任を取る形で、青木は警察を辞めています」

「はい」

「あえて単純に言いますが、青木はリカを憎み、復讐を考えていました。リカに婚約者を殺されたためで、警察の立場として個人的な復讐を許すわけにはいきません。しかし、青木にリカの情報を教えた者が警視庁内にいました。殺された青木の婚約者は刑事でしたから、同情もあったんでしょう。捜査に関する機密を外部に漏洩した者は処分せざるを得ませんが、あくまでも形式です。警視庁にも人情はありますからね」

当たり前だとつぶやいた柏原を無視して、戸田が先を続けた。

「青木が調査を始めたことで、リカの行動がある程度予測できるようになったため、警視庁捜査一課の警部補が独断に近い形で逮捕に向かいました。青木を餌にリカをおびき出せる、とその警部補は考えたんです。いわゆる囮《おとり》捜査で、本来なら許されませんが、青木は元刑事ですし、本人の了解もあったので……」

井島《いじま》は一課長に報告している、と柏原が言った。

「知りませんじゃ通らない。井島の死はお前たちにも責任があるんだ」

後にしろ、と戸田が手を振った。

「井島警部補はリカの逮捕に失敗し、本人も含め四人の刑事が殺害され、公団の住人も犠牲になりました。青木もです。警視庁の責任が問われるでしょう。私も処分を受けるつもりでいます」

よくわかりません、と萌香が戸田を見つめた。目のきれいな人だ、と堀口は思った。

「リカの逃走を許し、何人もの人が殺されたのは、その警部補の責任かもしれません。民間の会社なら、上司の管理責任が問われることもあるでしょう。でも、あなたは青木さんの上司ではないんですよね？　どうして処分を受けるんですか？　広い意味で青木さんも部下だったとおっしゃっていましたが、それは警察の組織上の話でしょう？」

道義的な責任があるからです、と戸田がコーヒーをひと口飲んだ。

「十二年ほど前、私は警視庁に籍を置き、捜査一課でキャリアである理事官を務めていました。一課の主な担当は殺人や強盗事件の捜査です。キャリアは官僚で、事務方ですから、原則として捜査に加わりませんが、現場を知っていると箔がつきます。警察にはそういう人事もあるんですよ」

「わからなくもありません」

私に捜査の基本を教えてくれたのは、菅原《すがわら》という警部補でした、と戸田が言った。

「当時、私は三十代半ば、菅原さんは四十代半ばだったと思います。彼にとって私は年下の上司で、普通なら煙たい存在です。いずれ警察庁に戻るキャリアの面倒を見ようなんて、誰も思いませんよ。ですが、菅原さんは親切な方で、何でも教えてくれました。私も頼っていましたし、恩は忘れていません。先ほど話に出た男性ですが、ストーカー被害を菅原さんに訴えていました。菅原さんは拉致された男性を救出、リカを逮捕しています」

「男性の遺体が発見された……そうおっしゃっていたのでは？」

逮捕時、菅原さんは発砲し、リカに重傷を負わせました、と戸田がラウンジの天井に目をやった。

「救急車で病院に搬送されたリカは救急隊員、そして同乗していた警察官を殺害、自ら救急車を運転して東京に戻り、男性を拉致したんです……猟奇的な事件として報道されましたが、覚えてませんか？」

「何となく……」

詳しく話して気分を害したくありません、と戸田が顔をしかめた。

「ざっくり言いますが、リカは男性の体の一部を切断、遺棄していたんです。それを発見したのも菅原さんで、連絡を受けた私はすぐ向かいました。あれほど凄惨《せいさん》な現場を見たことは、後にも先にもありません……私たちが行くまで、菅原さんは現場保存《げんじょうほぞん》に当たっていました。数時間、遺棄された男性の体のパーツを直視していたんです」

息を呑《の》んだ萌香に、失礼、と戸田が小さく頭を下げた。

「そのために、菅原さんの心は壊れました……あの時、私は彼を呼び戻すべきでした。今も後悔しています。道義的な責任とはそれです」

背負い込むことはない、と柏原が戸田の背中を軽く叩いた。

「当時、警察はストーカー被害を軽く考えるところがあった。お前だけの責任じゃない」

犯罪の実態はあったんだ、と戸田がため息をついた。ストーカー規制法が施行されたのはあの事件の直前だ、と柏原が言った。

「考え過ぎるな。仕方なかったんだ」

そうはいかない、と戸田が首を振った。

「菅原さんのことは、私に責任がある。リカを逮捕し、すべてを終わらせるのは私の義務だ」

あなたに来ていただいたのは、と戸田が萌香に顔を向けた。

「なぜ、昨夜あの現場にいたのか、それを伺いたかったからです」

そうです、と堀口はうなずいた。柏原が視線を向けたのも、同じ疑問があるからだろう。

萌香がテーブルのティーカップにミルクを注ぎ、スプーンでかき回した。茶色い紅茶に白いミルクの渦ができた。

4

どう説明すればいいのかわかりません、と萌香が口を開いた。

「何を言っても、信じてもらえないでしょう」

説明してください、と堀口は言った。誰にも話したことがなくて、と目を伏せた萌香に、青木以外はですね、と戸田が顔を近づけた。

「あなたは青木を救おうとしたが、リカの方が早かった。青木はあの女に轢かれて、両膝から下が切断され、大量出血しましたが、救急車が病院に着く直前まで意識があったんです。救急隊員によれば、あなたのおばあさんがあの現場を教えたと話していたそうですが、どういう意味でしょう？」

小野さんは覚えていないと思いますけど、と堀口は低い声で言った。

「あなたを病院に運んだのは、ぼくと柏原所長です。車の中で、おばあちゃんが言った通りだった、とうわ言のように繰り返してましたよ」

私も聞きました、と柏原がうなずいた。

「事情聴取でその話をすると、管轄外の戸田警視長がやってきて、どういうことだと取り調べが始まったんです。お前が青木を殺したのか、と言わんばかりでしたよ。今も昔も警察の横暴な体質は変わりません」

いいかげんにしろ、と戸田がテーブルを叩いた。

「誰がそんなことを？　口の減らない奴だ。お前こそ、昔と何ひとつ変わっちゃいない。茶化していいことと悪いことの区別もつかないのか？」

冗談も言えないのか、と横を向いた柏原に、落ち着いてください、と堀口は言った。俺はいつだって冷静だ、と柏原が頭をがりがりと掻《か》いた。

失礼、と戸田が萌香に向き直った。

「あなたは事件と無関係な市民で、たまたま現場に居合わせただけだ、と上には報告しました。私もそれなりのポジションにいますから、その辺りはどうにでもなります。しかし、たまたまのはずがない。なぜあの現場にいたのか、説明してください」

まず、わたしの家族について話します、と萌香がティーカップに指を掛けた。

「父は東京生まれ、東京育ちですが、母は沖縄出身です。就職で上京した母と父が知り合い、結婚したんです。わたしが小さい頃、父の仕事の関係で埼玉の浦和市に引っ越し、高校一年まで浦和の学校に通っていました」

「その後は？」

東京の赤羽の高校に転校しました、と萌香が言った。思い出したくないのか、眉間に皺が浮いていた。

「母方の祖母に強く言われたからです。中学二年の時、祖父が病気で亡くなり、母は沖縄から祖母を呼び、私と姉の四人で暮らしていました。でも、祖母と話したことはありません。以前は声帯の病気で、声を出せなかったからです」

「ですが……祖母に言われたとおっしゃってましたよね？」

柏原の問いに、あの時初めて祖母の声を聞きました、と萌香が答えた。

「意思の疎通はあったんです。一緒に暮らしていれば、何を考えているかお互いにわかりますし、身ぶり手ぶりで大体のことは伝わりますから、不便だと思ったことはありません。だけど、あの時……祖母がわたしに顔を近づけ、萌、と言ったんです。萌、そこにいたらいかんよ……今でも声を覚えています」

「それで赤羽の高校に転校した？」

祖母が母を説得したんです、と萌香はうなずいた。

「高校二年に上がる直前でした。家は浦和のままで、一年後には十条に転居しました」

わかりませんね、と柏原が首を捻《ひね》った。

「いや、引っ越しは珍しくありません。しかし、自宅はそのままで、高校を転校するというのは……逆ならわかりますよ？　親の仕事の都合で転居し、娘のあなたが転校するのはよくある話ですが……」

高校一年の二学期、東京から転校してきた女の子がいました、と萌香がまたスプーンで紅茶をかきまぜた。ティーカップとぶつかる耳障りな音がした。

「とてもきれいな子で、同じくらいの歳であんな整った顔立ちの女の子は見たことがありません。彼女が転入したのはわたしのクラスで、東京の子は違うな、そんな風に男子も女子も噂したり、友達になりたいと思った人も多かったはずです。ただ、彼女は人見知りなところがあって、あまり話さなかったので、親しくなった生徒はいませんでした」

　まさかとは思うが、と柏原が言った。言葉遣いが変わっていた。

「その転校生が雨宮リカか？」

　わかりません、と萌香が目を逸《そ》らした。わからないってことはないだろう、と柏原が睨みつけた。

「名前のない高校生はいない。違うか？」

「高校の担任は升元結花《ますもとゆか》と呼んでいました、と萌香が言った。

「家庭環境が複雑で、従姉弟《いとこ》に当たるクラスメイトの升元晃《あきら》くんのご両親が引き取った……そんな説明をしていたのを覚えています。升元結花は学校に届け出た名前ですが、本人は雨宮リカと呼んでほしいといつも言ってました」

　理解不能だ、と柏原が鼻から息を吐いた。話を整理しましょう、と戸田が言った。

「あなたが高校一年の二学期、升元結花、または雨宮リカが転校してきた。引き取ったのは親戚の升元くんの両親だったわけですね？」

　最初から嫌な感じがしたんです、と萌香が自分の腕に目をやった。

「彼女がわたしの横を通り過ぎた時、二の腕に鳥肌が立ちました。それは晃くんにも話したんです。でも、彼はリカに夢中で、焼き餅は止《や》めろとか、そんなことを言ってました。そうかもしれない、と思ったのは本当です。ずっと前から、わたしは晃くんのことが好きでした。

だから、彼女に嫉妬しているのかもって……でも、違和感はどんどん大きくなって、彼女が異質な存在だとわかったんです」

「異質な存在？　意味がわかりません。具体的に何かあったんですか？」

戸田の質問に、はっきりしたことは何も、と萌香が首を振った。

「それは直感に過ぎません。でも、確信がありました。彼女はわたしたちと違う世界の住人で、話が通じる相手ではないと……異質で、危険な何かです。でも、それを言えば災いが降りかかってくる気がして、口にはしませんでした」

わからんね、と柏原が乱暴に足を組んだ。

「要するに、あんたはその晃くんに恋をしていたんだろ？　転校してきた美少女が、彼とひとつ屋根の下に住むとなれば、嫉妬するのは当たり前だ。そんなマンガみたいなシチュエーションなら、晃くんだって舞い上がっただろう。あんたは彼がその美少女に恋をするのが嫌で、だから反感を持ったんじゃないのか？」

女子高校生にはよくある話です、と萌香はティーカップに口をつけた。

「でも、違うんです。信じてもらえないのはわかってますが、彼女に近づいてはならない、とわたしも心のどこかで思っていました。祖母が警告したのは、彼女が現れた数日後です。今なら間に合う、あれから逃げろと……」

「なぜ、おばあさんはリカのことを知ったんだ？　転校したばかりだろう？」

祖母はユタです、と萌香が言った。

「だから、彼女が見えたんです」

ユタって何ですか、と質問した堀口に、恐山《おそれざん》のイタコを知ってますか、と萌香が顔を向けた。

あれですよね、と堀口は胸の前で両手首から先を下げた。幽霊のポーズのつもりだ。

「死んだ人の霊がのりうつって、話したりするんでしょう？　子供の頃、超能力番組で見たことがありますよ。だけど、何を言ってるかわからなかったし、信じてません」

「ユタもイタコもシャーマンです。民間霊媒師、と言った方がいいかもしれません。口寄せもそうですが、占いや除霊、災害の予測もできます。研究者の間では、霊能力者と見なされることもあるようです」

「巫女《みこ》みたいなものですか？」

そうです、と萌香が肩を落とした。

「でも、ユタの存在を口にしてはならない、と沖縄では多くの人が考えています。異能の人を穢《けが》れと捉えるのは、世界中どこでも同じです」

「詳しいですね」

それなりに、とだけ萌香が答えた。あんたのばあさんが霊能力者のユタだとしよう、と柏原が言った。

「俺は無宗教だし、超能力も幽霊もＵＦＯも信じちゃいないが、鰯《いわし》の頭も信心からで、何を信じるかは人それぞれだ。精神安定剤だと思えば、ユタでもイタコでも何でもありだろう。だが、孫娘の周りに妙な女が現れたと気づくはずがない。そんな能力を持つのはＳＦ映画の主人公だけだ。転校して数日しか経っていないんだろう？　何がわかるっていうんだ？」

わたしもそう思います、と萌香が言った。

「でも、祖母にその力があるのは確かです。あの時、ここにいたら危険だ、逃げるしかない、と祖母はわたしに警告し、転校させないと娘を失う、と母に迫りました。母は祖母の力をよく知っていたので転校の手続きを取ったんです」

おい、と柏原が戸田の肩を叩いた。

「もういいか？　何で俺と堀口を呼んだ？　こんなオカルト話を聞かせるためか？」

どうせ暇だろう、と戸田が苦笑を浮かべた。

「黙って座ってろ。まだ話は終わっていない……小野さん、続けてください」

父に結婚を申し込まれた時、母は自分がユタの血を引いていると話したそうです、と萌香は長い息を吐いた。

「ユタ筋《すじ》と呼ばれている、決していい意味ではない、自分にユタの力はないけれど、身の回りで良くないことや奇妙なことが起きるかもしれないと……柏原さんと同じで、父はユタの力を信じてませんでしたし、気にもしなかったようです。そして二人は結婚しましたが、挨拶のために母の実家に行った時、何かがあって祖母の力を信じるようになったと聞きました。わたしが生まれる前の話ですし、父はわたしに何も言わないまま亡くなりました。口にしてはならないことが起きたのだと思います。母から聞いたのは四、五年前ですが、何があったのかは、母も知りません」

その後一年ほどは浦和に住んでいたわけだな、と柏原が言った。

「浦和から赤羽までは電車で十分もかからないから、不便じゃなかったと思うが……それにしても、高校二年になる前の娘を転校させるか？　普通じゃ考えられんよ。あんたは子供の頃から浦和に住んでいた。友達もいただろう。転校させたら娘がかわいそうだと思わなかったのか？」

娘を失うよりましでしょう、と萌香が言った。

「先生たち、クラスメイト、晃くん……彼女が異質で異形な何かだと、誰も見抜けませんでした。美人で、おとなしくて、性格もよくて、勉強もできるいい子、優秀な生徒、そう思っていたんです。リカの正体に気づいていたのはわたしだけで、触れてはならない、近づいてはならない、身を守るには逃げるしかない……それは最初からわかっていた気がします。感じていた、と言った方がいいかもしれません。何度も晃くんに話しましたけど、彼は最期まで——」

「最期？」

柏原の問いに、晃くんは亡くなりました、と萌香が目を伏せた。

「晃くんだけではなく、お母さん、お義兄《にい》さんもです。ガス漏れによる中毒死でした。その前に、お義父《とう》さんは不審者に襲われ、暴行を受けて殺されました。すべての死にリカがかかわっている、それには確信があります。だけど、女子高生が何を言っても、警察が取り合うはずがありません。それに……」

「それに？」

怖かったんです、と萌香はティーカップに手を伸ばした。震える指の爪が当たり、小さな音を立てた。

「息を潜め、気配を消し、余計なことさえしなければ、リカはわたしを放っておく。でも、少しでも動けば何をするかわからない……いえ、わたしを殺したでしょう。うるさい蠅は蠅たたきで潰せばいい、それぐらいあっさりと……どれだけわたしが怯《おび》えていたか、誰にもわかりません。わかるはずがないんです」

あんたの話は辻褄が合わない、と柏原が煙草に火をつけた。

「晃くんの親父さんは暴行によって殺されたんだろ？　暴行ってのは、殴る蹴るってことだ。そんなことができる女子高生がいると思うか？」

リカには常識が通用しない、と戸田が言った。

「あの女は奥山《おくやま》を殺している。柔道二段、逮捕術二級の現役の刑事だぞ？　拉致した男性を担いでマンションの四階から非常階段を下りて、駐車場に運んだり、異常な力があったという証言もあるんだ」

リカを目撃した者は口を揃《そろ》えてこう言ってる、と柏原が煙を吐いた。

「枯れ木のように痩せた女だった、そうだろ？　リカの殺人の手口は同じで、麻酔薬を注射して意識を失わせ、メスで切り刻み、死体を遺棄する。晃くんとやらは高校二年生だったわけだから、親父は四十代か五十代前半だろう。女子高生が殴り殺せるとは思えん」

火事場の馬鹿力ってこともある、と戸田が煙を払った。

「管轄は埼玉県警だ。今さら再捜査ってわけにもいかない……小野さん、あなたはリカの影に怯え、あの女から逃げた。それはある種の緊急避難で、命の危険を感じたら、私だってそうします。そして、その後もリカが関係したと思われる事件が起きています。今、話に出た奥山刑事の殺害はニュースにもなりました。二、三年前ですから、あなたも覚えているのでは？」

「聞いたことがあります」

ネット上で雨宮リカは都市伝説の象徴です、と戸田が言った。堀口もそれは知っていたし、二年ほど前から、チェックを欠かしたことはなかった。

掲示板には雨宮リカのスレッドが数え切れないほど立ってます、と戸田が不愉快そうな顔で言った。

「考察サイト、ブログ、大学でも研究対象になっていると聞いています。本も数冊出版されてますし、青美看護専門学校に放火し、百二十人以上を死に追いやったと告発した『祈り』は私も読みました。ノンフィクションライターが過去の事件を掘り返したり、テレビではその手の番組のコーナーで取り上げられたり、そんなこともあります」

マンションのベランダから転落して死んだルポライターもいたぞ、と言った柏原を戸田が睨んだ。

「余計なことを言うな。あの件は事故死で処理されている……先ほどから話を伺っていると、小野さんはリカの正体に気づいていた。そうですね？　だが、沈黙することで身を守ってきた。それなのに、昨夜あの現場へ来たのはなぜです？」

祖母が教えてくれたんです、と萌香がハンドバッグから折り畳んだ東京都の地図を取り出した。開いたのは杉並区の頁で、右下に赤い印がついていた。

あの公団ですね、と囁いた堀口に、萌香がうなずいた。

「わたしと祖母は十条の家に二人で暮らしています。姉は結婚して、今は広島に住んでいて――」

失礼ですがと言いかけた戸田に、わたしは二十二歳の時に結婚しました、と萌香が長い息を吐いた。

「でも、三十歳になる少し前に離婚して、実家に戻ったんです。二年前、母がクモ膜下出血で倒れ、今は施設に入っています。それからは祖母と二人きりで……」

待ってくれ、と柏原が話に割り込んだ。

「祖母が教えてくれた？　何を教えたんだ？」

昨日の夜十時頃、リビングでうたた寝をしていました、と萌香が言った。

「わたしを起こした祖母がこの地図を開き、ペンで印をつけて、ここに行きなさいと言ったんです。わたしがどれだけ驚いたか――」

驚かないね、と柏原が小さく笑った。

「九十歳でも百歳でも、ボケてなけりゃそれぐらいできるさ。沖縄出身でも、東京の地理はわかる」

祖母は盲目です、と萌香が自分の目を指さした。

「生まれた時から、目が見えなかったんです。それなのに、地図にペンで印をつけて、あの女がここにいる、また人を殺すと言いました。でも、女刑事がそれを防ごうとする。あの女は邪魔者を許さない。女刑事を殺すだろう。萌にしか青木孝子は救えない、だからすぐに行きなさいと……」

「青木さんの名前を言ったんですか?」

思わず声を上げた堀口に、はっきりと、と萌香がうなずいた。

「萌の苦しみは誰よりもよくわかっている。こんなことをさせたくはない、でもばあちゃんには止めることができない、因縁を断ち切るにはそれしかない……閉じたままの両目から涙をこぼして、祖母がそう言ったんです。あの女を殺せるのは萌しかいない、あんたが最後の一人だと、繰り返し繰り返し……何かがすとんと胸に落ち、わたしは車で久我山に向かいました。でも……間に合わなかったんです」

堀口は戸田と柏原と顔を見合わせ、ため息をついた。それからしばらく、誰も口を開こうとしなかった。

5

ああ、ああ、ああ、ああ。里佳。ママの天使。大丈夫、心配しないで、ママが治してあげる。

ほら、ベッドに座って。何て酷い血。汚い。穢らわしい。嫌だ嫌だ嫌だ。

あの人はどこ？　何をしてるの？　どうして電話に出ないの？

父親なのに父親のくせに父親がいないなんて父親なら父親なら。

いつもそうだ。いつも男はそうだ。

どうしてここにいないの。娘が心配じゃないの。大怪我をしたのに父親がいないなんてろくでなしやくたたずしねばいいしねば

ごめんね、里佳。ママと同じ名前をあげたのに、まだ子供なのに、こんな酷いこと許されるわけがないあのおんなあのおんなゆるさないあのおんなりかがころすコロすあんなおんなあたまのわるいみにくいおんなわすれないぜったいわすれない

大丈夫、里佳。パパがいなくてもグランパがいなくても、ママがあなたを救う。絶対に。約束する。

言ったよね、ママはナースだって。あなたのママになって、ナースは辞めたけど、自転車と同じ。一度乗ったら、体が覚えてるそれとおなじぜんぶおぼえてる

ここには何でもある。何でも揃ってる。だからあなたを治せるの。わかる？

お願い、里佳。目を開けて。にっこり笑って。いつものように、ママって呼んで。

落ち着いて、リカ。落ち着くの。慌てたって何にもならない。リカならできる。

そう、まず出血を止めないと。ああ、酷い。こんな傷、見たことない。汚い。吐きそう。

ううん、そんなの駄目。ナースは白衣の天使。そうでしょ？

止血。止血。ガーゼはどこ？　滅菌ガーゼ。どこかにあるリカはわかってるリカはなんでもわかってるってるほんとだよりかはわかって
止血の基本は圧迫。思い出した。直接圧迫止血法。

でもガーゼがない。どこにあるの？　誰が隠したの？　こんな時に、どうして意地悪するの？　リカを妬んでいるから？

杉並区で起きた轢き逃げ事件の続報です。現場近くの公団内で複数の死体が見つかり、警察官数名も殺害された模様です。繰り返します、杉並区で
いい、それならいい。ガーゼなんかなくても構わない。

里佳、お願いだから言うことを聞いて。ほら、腕を押さえて。

どうしてできないの？　馬鹿なの？　自分でやりなさいよ。最悪。役立たず。

そうだ、タオルでいい。タオルで押さえて、縄で縛ればいい。

タオルでなくてもいい。シーツでもハンカチでも何でもいい。

緊急時にはある物を何でも使いなさい。リカ、パパが教えただろう？

里佳、手がぶらぶらしてる。どうしたの？　そっか、骨が折れてるんだね。人形みたい。

あはは。おかしい。可愛い。

添え木で固定しましょうそうしましょうそうすればなおるほねはくっつくなんでもくっつくんだから
たいしたことない。こんなの簡単。できるリカできるならなんできなんでもできるなーすだからなーすだから
全部覚えてる。傷を調べないと。

頭がぱっくり割れてる。骨も見える。でも大丈夫。針と糸があればいい。

右目がない。どうして？　どこにいったの？

里佳、ふざけないで、右目を出しなさい。ママに渡すの。渡すの今すぐ。今すぐ今すぐいますぐすぐいますぐ。

右腕と右足は大丈夫。ちょっと切れてるだけ。こんなの、唾をつければすぐ治ります。

でも、左腕は折れてる。左の足首も。だけど、すぐ元に戻る。

テーピング？　ギプス？　骨が飛び出てるけど、押し込めばいいのかな？

うん、きっとそうだ。全部戻しちゃえばいい。縫えば皮膚がくっつく。そうに決まってる。

何してんのよ、里佳。寝たふりなんかして。狸寝入り？　そんなのママ許さない。くすぐっちゃうぞ。くすぐったら起きるよね？

ほら、息を吸って、吐いて。そうそう、呼吸をしてちょうだい。

血圧は？　体温は？　いけない、測るの忘れてた。焦ってるんだ、ゴメンね。

すぐにやる。すぐに。やるから、せかさないでせかさないでせかさないでせかさないで！

バイタルは低いけど、里佳なら平気。ママに似て低血圧だしね。ママもそう。朝起きれないのはママのせいじゃない。

どうしよう、心臓の音がしない。強心剤。イノバン、ドブトレックス、アクトシン。注射しよう。直接心臓に打てばいい。

点滴もしないと。アデール？　ツルドパミ？　ああもう、リカわかんない。五ミリ、十ミリ、百ミリ。全部打てばいいのかな。

うん、そうだ。きっとそう。里佳、ママはね

6

リカはどこにいる、と柏原が囁いた。パトカーで逃げた、と戸田が不機嫌な顔で言った。

「井の頭通りに出て、渋谷方向に走ったのはわかってる。現場にいた警察車両が追ったが、あの女は警察無線を聞いていたんだろう。あっさり撒かれた。夜中だったし、雨も降っていたからな……Nシステムを調べてるが、写っているかどうかわからん」

夜が深くなるにつれ、雨の勢いが強くなりましたからね、と堀口はうなずいた。

「リカを逃したのか？」

苦い表情を浮かべた柏原に、それどころじゃない、と戸田が顔を手のひらで拭った。

「今朝五時、初台でパトカーが見つかったが、トランクから若い男と女の死体が出てきた。免許証で身元を確認したが、大学生だった。カップルで深夜のドライブを楽しんでいたが、パトカーに停められ、女刑事に降車を命じられた……カップルはそう思ったんだろうが、女刑事を装っていたのはリカだ。メスで二人を刺殺し、彼らの車で逃げた。車種、ナンバーがわかったのは三時間前、渋谷、世田谷、杉並、新宿の所轄署が総出で捜しているが、まだ発見されていない」

こんな話は聞きたくないでしょうね、と戸田が萌香に顔を向け、紅茶のお代わりはどうですかと勧めた。萌香は首を振るだけだった。

「では、私はコーヒーを……言いたくないが、リカは頭が切れる。パトカーを捨てたのは目立つからだ。それにしてもめちゃくちゃだよ。手当たり次第殺すつもりか？」

　俺に聞くな、と柏原が残っていたコーヒーを飲んだ。小野さん、と戸田が言った。

「現場に少女がいたのを、数人の刑事が見ていました。あなたが少女を撥ねたのも……救急搬送中、娘、と青木が繰り返していたそうです。リカの娘ですか？」

　そうだと思います、と萌香がうなずいた。

「もう一人いる、と祖母が話してました。あの女の血を継ぐ者だと……わたしが撥ねたのは本当です。ただ、暗くて顔がよく見えませんでしたし、青木さんを助けることで頭が一杯でした。少女だとわかったのは撥ねる寸前だったんです」

　刑事たちも同じです、と戸田が口をすぼめた。

「小さな女の子だったと話していますが、人相までは覚えてませんでした。あの道は街灯がいくつかあるだけで、見えたらその方が不思議です」

　早く見つけないと何をするかわからんぞ、と柏原が新しい煙草に火をつけた。

「この調子だと、一カ月後には百人以上死人が出るだろう。もっと多いかもな」

　軽口は止《よ》せ、と戸田が遮った。

「小野さん、話はわかりました。ここからは、警察の立場を説明します。まず、警視庁は雨宮リカを井島警部補その他の殺人容疑で改めて指名手配しました。リカは中野の花山病院、横浜のクリニックでも事件を起こしていますが、青美看護専門学校火災事件も含め、すべて再捜査を始めます。また、昨夜の件であなたに責任はありません。少女を撥ねたのは青木を救うためで、事故ですらないと考えています」

わかりきった話だ、とつぶやいた柏原を睨んだ戸田が話を続けた。

「これまでも警察はリカを警察官と救急隊員殺人、男性の拉致監禁容疑で指名手配していました。奥山刑事を殺したのも、他の事件の犯人もリカだと考えられます。しかし、確実な証拠がなかったので、それについては指名手配できませんでした」

証拠もくそもない、と柏原が吐き捨てた。

「警察はお役所仕事だな。そんなもの、どうでもいいだろう。さっさとリカを見つけて、殺せばいいんだ」

無茶苦茶です、と堀口は首を振った。

「言いたいことはわかりますが、殺せばいい、はないでしょう。戸田さんも困ってますよ」

うるさい奴だ、と柏原が顔をしかめた。今夜七時、と戸田が時計を見た。

「警視庁は記者会見を開き、リカが関係している事件の再捜査、そしてリカの写真をマスコミに公開します。あれだけ特徴のある顔ですから、数日中に市民から通報があってもおかしくありません」

そうですねとうなずいた萌香に、しかし、と戸田が苦い表情になった。

「過去、警視庁は都内全域の方面本部、所轄署、交番にリカの情報を伝え、捜査に当たりましたが、発見には至りませんでした。神奈川、埼玉、千葉県警にも協力を要請していますが、収穫はゼロです」

あの女は京都にいました、と堀口は横から言った。

「青木さんとぼくの二人で、京都へ行って調べたんです。目撃者もいます。リカが隠れ住んでいた農作業小屋も見つけたし、他にも――」

わかってる、と戸田が堀口に目を向けた。

「青木と君が京都から戻った時、井島たちと合流したのは報告があった。京都府警に照会したが、大阪、奈良、兵庫に潜伏していた可能性もあるようだ。だが、リカがかかわった事件が起きたのは東京で、各道府県の警察本部はリカを追っていなかった。今回は違う。全国の警察本部が血眼でリカを捜す」

見つかるでしょうかと尋ねた萌香に、保証はできません、と戸田が舌打ちした。

「菅原さんの件もあって、私は個人的にリカを調べていましたが、あの女は底無し沼で、探れば探るほど深みにはまるだけです。リカを見た者の中には、指名手配犯だと気づいた者もいたでしょう。ですが、過去に通報は一件もありません。なぜだと思います？」

怖かったからですか、と答えた萌香に、戸田がうなずいた。

「110番通報は指一本でもできます。匿名でも受けつけていますし、通報者の身元は第三者にわかりません。ですが、リカに気づいた者は、通報すれば報復される、つまり殺されると直感した。自分の命を危険に晒《さら》してまで、通報する理由はありません。正義感、義務感なんて脆《もろ》いものです。自分を守る方が優先されますよ。だから、彼らは通報しなかったんです」

萌香がティーカップに口をつけた。記者会見ですが、と戸田が空咳をした。

「マスコミは青木と一緒にいたあなたのことを知りたがっています。ですが、我々は偶然通りかかった市民としてあなたを扱い、質問には答えていません。どう答えろと？　ユタの祖母の指示で青木を救いに来た？　そんなことを言ったら、いい笑い者ですよ」

「わかります」

ですが、と戸田が顔を近づけた。

「リカの発見、そして逮捕にはあなたのおばあさんの協力が必要になる、と私は考えています。FBIが霊能力者に協力を依頼したとか、オランダのクロワゼットが超能力で死体を見つけたとか、あんなのは与太話ですよ。警視庁がユタに協力を要請するわけにはいきません。神頼みの警察なんて、世界のどこを探してもないんです」

FBI内に超能力捜査官がいる、とオカルト雑誌に記事が載ることがあるが、そんな事実はない、と堀口は知っていた。

日本のテレビ番組に出演したため、クロワゼットの名前は有名だが、死体の場所を指摘したわけではないし、予想の範囲内で発見されたから、超能力ではなくテレビ局のマンパワーによると考えた方がいい。

「しかし、あなたが現場へ来たこと、青木孝子の名前を知っていたことは、理屈で説明できません。そして、リカは理屈が通用しない女です」

テーブルを叩いた戸田に、おいおい、と柏原が噴き出した。

「何を言い出すかと思えば……警察庁のキャリアともあろう方が超能力者に頼る？　どうかしちまったのか？」

今は私人だ、と戸田が言った。

「オカルトを信じるのかと言われたら、答えはノーだ。だが、何もかもってわけじゃない。小野さんは青木の名前を正確に言った。合理的な説明ができるか？　どうしてあの時間にリカが久我山にいるとわかったんだ？」

「偶然だ」

「目が見えないにもかかわらず、小野さんのおばあさんはピンポイントで住所を特定した。それを超能力、霊能力というなら、信じるしかない」

青木の名前は報道でも出ていた、と柏原が口を尖《とが》らせた。

「彼女のおばあさんはそのニュースを見た……いや、聞いたんだよ。興味本位とは言わないが、調べたんじゃないか？　おばあさんの頭に青木孝子の名前がインプットされ、リカについても詳しくなった。男が拉致されたのは久我山のマンションで、俺もその記事を読んだことがある。九十歳のお年寄りの脳内で何かが結び付き、すぐに行けと孫娘に命じた……わかったよ、本気で言ってるわけじゃない。だがな、ユタだか何だか知らないが、俺はそんなもの信じないぞ」

警視庁もだ、と戸田がうなずいた。

「警察庁、国家公安委員会、内閣官房……公的な組織はどこも同じだ。だから、我々は動けない。しかし、私立探偵は違う」

「何を言ってる？」

正規の捜査でリカは見つからない、と戸田が腕を組んだ。

「もしくは、時間がかかる。その間に新たな犠牲者が出たらどうする？　リカは他人の命を虫けらほどにも思っていない。あの女は自分だけが正しく、他はすべて間違っていると考える究極のエゴイストだ。都合のいいことは受け入れるが、一ミリでも気に食わなかったら殺す。誰にも理解できない何かだ」

腕を組んだ柏原に、だからお前に頼む、と戸田が小さく頭を下げた。

「私個人の依頼で、警視庁は関係ない。リカを見つけたら連絡しろ。もうひとつ、小野さんのガードも頼みたい。彼女が撥ねた少女はリカの娘だろう。生死は不明だが、現場の刑事たちによれば、手足の骨折は免れないし、死んだ可能性もあるようだ。意味がわかるか？　リカにとって、小野さんは娘を殺した犯人なんだ。必ず復讐に来る」

勘弁してくれ、と柏原が灰皿に煙草を押し当てた。

「これでも青木の元雇い主だ。リカのことはよく知ってる。そして、俺は警視庁の刑事だった。それなりに情報も入ってくる。リカほど無慈悲な殺人犯はいない。世界でも稀な女性のシリアルキラーだ。何が怖いって、あの女はためらわずに人を殺す。ヤクザだって殺人は躊躇するもんだ。あの女には人間の心がない。とてもじゃないが、俺には無理だ。そんな依頼は断る」

お前が警察を辞めた事情を知っているのは、私を含め二人しか本庁に残っていない、と戸田が低い声で言った。

「姪を苛《いじ》め、自殺に追いやった中学生グループをしつこく追い回し、一人を事故で死なせた。はっきり言えば、お前が殺したんだ……あの頃本庁にいた刑事たちのほとんどは多摩地区の所轄署に行ったか、あるいは退職した。死んだ奴もいる。柏原警部を覚えているのは、私と柳沼《やぎぬま》副総監だけだ。人を殺せば心が壊れる。お前は優秀で熱心な刑事だったが、自分を憎み、その日暮らしの私立探偵になった」

「俺の勝手だ」

無理もない、と戸田が柏原の肩に手を置いた。

「真面目な刑事が思い詰め、馬鹿なことをした。少年が死んだ瞬間から、後悔していたはずだ。だが、少年は戻ってこない。どれだけ悔やんでも、死んだ者は帰ってこないんだ。自分を苛めるように酒に逃げた。顔色が悪いが、肝臓だな？　柏原、このままでいいのか？　やり直す最後のチャンスだ。自分でもわかってるだろ？」

彼女を守れ、と戸田が萌香に目をやった。

「私は警察官で、守るべきルールがある。だが、お前にはない。何をしたって構わない。リカを殺したっていい。警察庁キャリアの警視長が正当防衛を証言する。お前が殺した少年はもう戻らないが、小野さんまで死なせるわけにはいかない。刑事の矜持があるなら――」

そんなものは捨てた、と柏原が戸田の手を払った。

「戸田……いや、戸田文唯《ふみただ》さん。正式な依頼なら、もちろん受けます。ただ、ＫＰＤＣは浮気調査専門で、化け物捜しやボディガードは特別料金となります。構いませんか？」

言い値で払う、と戸田が答えた。堀口、と柏原が声をかけた。

「お前はどうする？　断ってもいいんだぞ」

断るわけないでしょう、と堀口はストローでコーラを啜った。

「青木さんの敵討ちですよ。昨日の夜は現実と思えませんでしたが、今になってボディブローが効いてきた感じです。リカを見つけ、すべてを終わらせない限り、立ち直れそうにありません」

小野さんはどうです、と柏原が萌香を見つめた。

「私と堀口を信じてくれますか？」

わたしにも悔いがあります、と萌香は言った。

「晃くんを死なせてしまったのは、わたしが逃げたからです。今も後悔が心の刺になっています。あなたもそうですね？　わたしと祖母を助けてください。お願いします」

片がついたら請求書を送る、と柏原が立ち上がった。

「お前の想像より丸が二つ多い。覚悟しておけ……小野さん、ユタのお話を伺いに、あなたの家へ行きます。堀口、ぼさっとすんな」

記者会見が終わったら連絡します、と戸田が萌香の耳元で囁いた。

先にラウンジを出た柏原に続いて、堀口は歩きだした。柏原の背中から、死人の臭いが漂っていた。

scream 2

ユタ

1

〈ゴメン、遅れる〉

末広美貴《すえひろみき》は通学用のトートバッグのサイドポケットから携帯電話を取り出し、メールを送った。何だよ、とすぐ平井涼《ひらいりよう》から返信があった。

〈部活がなくなったから、デートしようって言ったのは美貴だろ?〉

ゴメンゴメン、とメールを送り、美貴は小さな笑みを浮かべた。

吹奏楽部顧問が交通事故に遭ったので今日の部活は中止、と先輩からメールがあったのは、六限目が終わってすぐだった。

私立西朋高校の吹奏楽部は名門で、週に四日練習日がある。土日は演奏会や大会が入ることも多い。涼とのデートが二の次になってしまうのが、美貴の悩みの種だった。

同じ二年A組の涼と付き合うようになったのは、一年ほど前だ。それなりにうまくいっていたが、ケータイがなかったら別れてたかも、と思いながら美貴は周囲に目をやった。

大泉学園行きのバスは空席が多かった。西朋高校のある成増から、涼が待っているカラオケボックスがある北園《きたぞの》のバス停まで、三十分ほどかかる。少々お待ちくださいとつぶやいて、美貴は携帯電話のフリップを開いた。

北園のバス停から五分ほど歩くと、カラオケボックスがある。財布に優しい店で、フリードリンク、フリーフードだ。

見つけたのは涼の姉で、離れているから西朋高校の生徒は来ない。誰かと会うと、一緒に歌おうとなって、デートではなくなる。二人でいるには都合のいい店だ。

今日、涼は掃除当番だったので、先に行くと伝えたが、成増駅でクラスメイトに誘われ、ちょっとだけとハンバーガーショップに寄ったのがまずかった、と美貴はため息をついた。

涼とのデートをからかわれ、ガールズトークが盛り上がった。

一年近く付き合う高校生カップルは珍しい、相性を調べてあげる、と一人が雑誌に載っていた血液型占いを始め、B型女子の美貴とO型の涼は合わないはずなのに、どうしてうまくいってるんだろう、と他の四人が首を傾《かし》げた。

涼と会うのも楽しいが、友達とだらだら過ごす時間も楽しい。気づくと一時間が経っていた。

慌ててハンバーガーショップを飛び出し、バスに乗った。ゴメンね、涼。女子だから、仕方ないんだよ。

視線を感じて、美貴は座っていた席の前後に目をやった。杖を手にしている高齢の男性、はしゃぎ合う二人の小学生、スーツケースを持った痩せた女、買い物袋を抱えた中年の主婦。

美貴は痩せた女の顔を見た。ハンバーガーショップで近くのテーブルに座っていた。手足が棒のように細く、病気ではないかと思った。その姿ははっきり覚えていた。

もっとも、店で何があったわけでもない。あたしと同じで、成増から大泉学園方向に向かうには、バスが便利だから乗ったのだろう。

北園のバス停に着くまで、携帯電話をいじって暇を潰した。高校に入った時、機種変してよかった、と美貴は思った。

「次は北園、北園」

アナウンスが流れ、美貴は降車ボタンを押した。バスがゆっくりと停まった。

今着いた、とメールを打ちながらバスを降りると、あなたB型よね、と後ろで声がした。

振り向くと、スーツケースを提げた女が立っていた。

はあ、と美貴はうなずいた。長いストレートの黒髪が顔を覆っているので、女の表情はよく見えなかった。

女が頰の辺りを尖った爪で搔くと、白い皮膚がぼろぼろと落ちた。

美貴は女に背を向け、早足で歩きだした。二の腕に鳥肌が立っていた。

そのまま携帯で番号を呼び出し、電話をかけると、まだかよ、と涼の太い声がした。

「涼、カラオケボックスにいるの？　あたし、バス停の近く。お願い、迎えにきて」

「何甘えてんだよ？　ぶりっ子のつもりか？　五分で着くのに、何で迎えにいかなきゃ――」

お願い、と美貴は繰り返した。その時、信じられないほど不快な臭いが漂ってきた。嗅いだことがないほどの腐敗臭だ。

酢で煮詰めた魚を数日放っておくと、こんな臭いになるかもしれない。吐き気がして、口に手を当てた。

「どうした？　美貴？　マジで行った方がいいのか？」

急いで、と叫んだ美貴の首に何かが刺さった。振り返ると、痩せた女の顔が目の前にあった。

2

堀口は日比谷駅から都営三田線に乗り、新板橋駅で降りた。埼京線に乗り換えます、と萌香が言った。十条へはそれが一番早い。

地上に出た萌香が先に立ち、ＪＲ板橋駅へ向かった。新板橋駅から歩いて十分ほどだ。

変わった女だな、と柏原が小声で言った。

「リカと同じクラスにいたと話してただろ？　同級生ってことだ。警察の調べだと、リカは今年四十二歳らしい」

刑事に聞きました、と堀口はうなずいた。リカは年齢不詳だが、と柏原が前を指さした。

「彼女も歳がよくわからん。ホテルのラウンジに入ってきた時は、二十代後半だろうと思った。女は化粧で年齢をごまかせる。何度も痛い目に遭《あ》った」

「自称女子大生の四十歳のキャバ嬢に騙された話は何度も聞いてます。いくら貢いだんでしたっけ？」

そんなことはどうでもいい、と柏原が首を振った。

「彼女は……何と言ったらいいのかわからんが、普通じゃない。向こうが透けて見えるぐらい色が白いし、四十二歳には見えない。幽霊じゃないだろうな？」

「何を言ってるんです？」

リアルな感じがしない、と柏原が言った。

「二次元の住人が無理やり三次元に飛び出してきたようだ。もっとも、リカの同級生だからな。人間離れしていても不思議じゃない」

小野さんは人間です、と堀口は前を歩いている萌香に目を向けた。

「若く見えるのは、顔立ちが整っているからですよ。ちょっと子供っぽいところもあります。天然っていうのかな？　柏原さんみたいな欲にまみれたダーティな男とは違うんです」

どうもわからん、と柏原が舌打ちした。

「お前は宗教二世だ。超能力や宇宙人を信じているんだろ？　だが、俺は違う」

「それは偏見です。科学で説明できない現象はあると思いますが、だからといってそれが超能力だなんて言いませんよ」

俺はそういう馬鹿話に否定的だ、と柏原が言った。

「彼女のばあさんがユタなのは、本当なんだろう。だが、ユタってのは職業だし、口寄せは商売だからな。死者との会話なんて、あるわけがない。これっぽっちも信じていないよ」

「青木孝子と名前を正確に言い、どこにいるか地図で小野さんに教えたんですよ？　そんな偶然こそあり得ませんよ」

だから困ってる、と柏原が肩をすくめた。

「とにかく、会ってみなけりゃ話にならん。怪しいと思ったら、俺は手を引くからな。お前は好きにしろ。信じる者は救われるっていうだろ？」

券売機の前で、萌香が振り返った。行きます、と堀口は足を速めた。

3

美貴は目を開けた。リビングだ。マンションなのか、一軒家なのか、それはわからなかった。窓にカーテンがかかっている。外が真っ暗になっていた。

横になっている体を起こそうとしたが、手も足も動かない。首も固定されていた。目を左右に向けると、腕がベッドのヘッドボードに縛り付けられていた。

（何なの？）

悲鳴を上げようとしたが、声は出なかった。口に布が押し込まれている。唇の端からはみ出した白い部分で、ガーゼだとわかった。

（誰か助けて）

恐怖で涙が溢れたが、落ち着いて、と自分に言い聞かせた。深呼吸を何度も何度も繰り返すと、朧《おぼろ》げな記憶が脳裏を過《よぎ》った。

夕方四時半頃、北園のバス停で降りると、痩せた女に声をかけられた。その後は覚えていない。

（首に注射をされた？）

たぶんそうだ、と美貴は思った。薬で意識を失ったあたしを、あの女がスーツケースに押し込み、ここへ運んだのだろう。

北園のバス停で降りたのは、あたしとあの女だけだった。人通りもほとんどなかった。一歩、路地に入れば、人目につかなかったかもしれない。

（ここはどこなの？）

時間もわからなかった。外が暗いから、夜になっているのは確かだ。

だけど、あれからどれぐらい経ったのか。一時間？　二時間？　それとも一日？

ママとパパがあたしを捜している。涼もだ。

バス停から涼に電話をした。涼はあたしが怯えていたと気づいた。カラオケボックスからバス停まで走ったはず。

でも、そこにあたしはいなかった。涼は携帯に電話をしただろう。メールも送った。返事がなければ、おかしいと誰でも思う。

涼とは同じクラスだから、共通の友達がいる。ケンジくん、アスカ、キョウコ、みんなに電話をかけ、美貴はどこにいるか、何か知らないかと大騒ぎする。

女友達の誰かがママに連絡して、美貴は帰ってませんか、と聞いただろう。そうしたら、ママもパパも心配する。警察に相談して、捜しているはずだ。

だけど、ここがどこなのかわからない、と美貴は窓を見つめた。カーテンの隙間から、教会の十字架が見えたが、それだけだった。

(誰か、助けて！)

手と足に力を込めたが、動かなかった。どうして、こんなことを？

怖くて、何も考えられなくなった。帰りたい。家に帰りたい。お願い、ママ、パパ、助けて。もう許して。

過呼吸で胸が苦しい。あの女はまともじゃない。何のためにこんなことを？

指先の感覚がなくなっていた。細いロープできつく縛られている。絶対に逃がさない、という意志が伝わってきた。

三十分ほど、ただまばたきを繰り返すしかなかった。涙も出ない。

どうしてこんなことに、と美貴は呻《うめ》き声をあげた。いつものように学校へ行き、部活がなくなったから、涼と会うことにした。ただ、それだけだ。

何も悪いことはしていない。それなのに、どうして。

あの女に襲われ、どこかさえわからない部屋に監禁されている。手も足も、指一本動かせない。

口にはガーゼを押し込まれ、声も上げられずにいる。助けを求めることさえできない。

（あの女はどこに？）

目を動かして、周りを見た。人の気配はない。テーブル、四脚の椅子、食器棚があるだけだ。

マンションではなく一軒家、と美貴は目を見開いた。天井の照明に電球はないが、吊るされた懐中電灯の明かりが照らしているので、室内が見えた。

あの女は別の部屋からベッドを運んできた、と美貴は足側に目を向けた。その奥に白いドアがあった。

不意に、視界が赤く染まった。眼球の毛細血管が切れたのかもしれない。信じられなかった。

「起きた？」

美しい声が聞こえ、ドアが開いた。ワンピースを着た女が入ってきた。

助けてください、と美貴は目で訴えた。女がにっこりと笑った。

その目に白目はなかった。真っ暗な穴のような目。

「あなたは里佳のお友達なんだから、里佳を助けてあげてね」

笑みを浮かべたまま、女が言った。何でもします、と美貴はうなずいた。だから、このロープを解いてください。

「あの子は怪我をしているの」

女が顔を近づけた。異常な臭気に、息が苦しくなった。

酷い臭い、と美貴は目をつぶった。突き刺すような刺激臭に、目眩《めまい》がするほどだ。何が腐れば、こんな悪臭になるのか。

胃が蠢《うごめ》き、胃液が喉元まで迫《せ》り上がった。ガーゼにそれが染み込み、口の中で膨らんでいく。

「あの子は怪我をしたの」

女が繰り返した。その顔に、悲しげな表情が浮かんでいた。

「大怪我よ。でも、心配しないで。手当をしたから、あの子は大丈夫。だけど、それだけじゃ足りないの。あなたもわかるでしょ？　そう、輸血」

何を言ってるの、と美貴は女の顔を見つめた。肌は皺だらけで、何もかもが乾いていた。

助けて、と叫ぼうとしたが、鼻から黄色い胃液が飛び散っただけだった。

「もちろん、あの子のことはリカに責任がある。だから、リカの血を輸血しよう、そう思った。でも、あの子はB型で、リカはO型だから、輸血しても異常反応が出るかもしれない」

女の声音は冷静だった。あの子というのは娘で、この女と同じ名前だ、と美貴は気づいた。

「だから、パパのクリニックに連れてきた。ここなら医療器具があるから……不規則抗体検査、交差適合試験をしなければならないけど、もう時間がないの。緊急事態なのよわかるでしょうだからあなたにおねがいするしかないのゆけつをしてあげてあのこをたすけてありがとうほんとうにありがとうございますわかってくれるとおもってました」

異様な早口で、何を言っているのか、ほとんど聞き取れなかった。女が美貴から離れ、ドアを大きく開けた。

そのまま屈み込み、小さな女の子を抱え上げた。体中に包帯が巻かれていた。

女が少女の体を美貴の隣に置いた。少女の顔は腫れ上がり、頬が大きくへこんでいた。そして、その顔に鼻はなかった。

体中が沸騰したように熱くなった。美貴が見ても、少女の怪我は酷く、呼吸をしているのが不思議なくらいだった。

見ないで、と女が言った。

「どれほど深い傷か、里佳もわかってる。十歳でも女の子だから、そんな顔は見られたくない。わかるでしょう？　でも大丈夫だいじょうぶだいじょうぶみないでみなければそれでいいの」

女がテーブルに近づき、そこにあった箱の蓋を開いた。アルコール消毒した手に手袋をはめてから、輸血セットと表面に印字されている透明な袋を取り出した。

ベッドの上に洗濯紐を張り、そこに木製のハンガーを掛けた。美貴の腕を取り、ゴムチューブで肘の上を縛り、無言で採血針を血管に刺した。

痛みは感じなかった。意識が霞み、女が何をしているのか、それさえわからなくなっていた。繋《つな》がっている細いチューブを通じ、ハンガーに引っかけたビニールバッグに美貴の血が溜まっていく。その底のチューブから、少女への輸血が始まった。

「見ないで」

何度言えばいいの、と女がため息をついた。

「里佳を傷つけたいの？　十歳なのよ？　そんな目で見られたら嫌な気持ちになる。それもわからないの？　わからないんですかわからないんですねわからないんだばかわからないのかわかれよあたまがわるいんじゃないの」

女の声に抑揚はなく、一本調子な言葉が続いていた。美貴の血管に刺さっている針の先から血が漏れ出したが、気にする様子はなかった。

言ったでしょう、と女が美貴に顔を寄せた。

「何度も何度も何度も言ったでしょう。それなのに、あなたは無視した。何て酷い……思い上がらないで。この子に輸血をしたいと申し出る人は何万人といるのよ？　それなのに、選ばれたと思って調子に乗って……もういい。リカ、あんた嫌い」

女が両手の指を美貴の目に突っ込んだ。深く何かを抉《えぐ》る音。ぬるぬるした何かが美貴の目から溢れ、頰を伝っていった。

「だから言ったのに」

女が苛立たしげに吐き捨てた。だが、美貴にその顔は見えなかった。眼球を潰され、同時に意識が消えた。

4

ＪＲ十条駅で降り、堀口たちは線路に沿って歩いた。区立公園を通り過ぎると、急に人通りが少なくなった。

この辺に来たことがなくて、と堀口は萌香に話しかけた。

「北区ですよね？」

そうです、と横を歩いていた萌香がうなずいた。いつの間にか、辺りが暗くなっていた。

「北区は駅の近くでも土地が余っていて、畑があります。静かなので、わたしは好きです」

「高校二年の時に引っ越したんですか？」

転校したのは高一の終わり、転居したのはその一年ほど後です、と萌香が言った。

「だから、二十五、六年は住んでます。距離で言えば近いのは十条駅ですけど、赤羽駅も歩いていけます。京浜東北線が停まるので、意外と便利なんですよ」

ぼくは調布生まれなんで、と堀口は言った。

「育ったのもあの辺です。同じ東京ですけど、この辺に来る機会がほとんどなくて……駅前に商店街がありましたね」

賑わっているとは言えません、と萌香が首を振った。

「昔とは違います。わたしもあそこで買い物はほとんどしません。車で街道沿いのスーパーマーケットに行く方が便利なんです」

一キロほど歩くと、細い川にぶつかった。そこから南に二百メートル進むと、住宅が並んでいる一角に出た。

萌香が二階建の家の前で足を止め、バッグから取り出した鍵で玄関のドアを開けた。きしむような音に、柏原が肩をすくめた。

「どうぞ、お入りください。祖母が待っています」

失礼します、と声をかけ、堀口は玄関を上がりスリッパを履いた。床はフローリングだ。きれいに片付いているリビングルームのテーブルに座っていた小柄な老女がゆっくり振り向き、こんばんは、と言った。

座っている椅子から、床に足が届いていない。白髪を頭の後ろで結わえていたが、昔話に出てくる老女を思わせるシルエットだった。

失礼します、と柏原が老女の向かいに回った。さっき電話で話したでしょう、と萌香が言った。

「興信所の柏原所長と堀口さん。私立探偵の方がわかりやすい?」

どうぞ座ってください、と老女が椅子を指さした。盲目と聞いていたが、見えているのではと思うほど、自然な動きだった。

「萌、何時になったかね?」

六時過ぎ、と萌香が答えた。夕食時にすみませんと頭を下げた堀口に、とんでもない、と老女が笑った。

九十歳と高齢だが、聞き馴れないなまりを除けば、話し方はしっかりしていた。

昔は声帯の病気で、声が出ない時期もあったが、治癒したのは萌香から聞いていた。

どこから話しましょうかね、と老女がポットから急須に湯を注ぎ、慣れた手つきで四つの湯飲みに茶を淹れた。しばらく沈黙が続いた。

青木さんにはすまんことをした、と老女の口からため息が漏れた。

「もうちょっと早《はよ》う気づいとったら、あんなことにはならなんだのに……申し訳ないです」

青木はうちの社員でした、と柏原が湯飲みを手にした。

「どう話せばいいのか……彼女は苦しんでいました。私も青木の死を残念に思っていますが、もしかしたら、あの終わり方を望んでいたのではないか、そんな気がしています。少なくとも、あなたに責任はありません」

何もなくてすいません、と萌香が台所にあったクッキー缶を開け、入っていた煎餅を大きな皿に並べてテーブルに置いた。昭和のようだ、と堀口は思った。

失礼ですが、と柏原が言った。

「何とお呼びすれば？」

ばあさんでいいです、と老女が口に手を当てて笑った。

「金城《かねしろ》宇都子《うとこ》、うは宇宙の宇、とはミヤコの都です。ばあさんが呼びにくいなら、ウトさんでも宇都子さんでもええですよ」

沖縄のユタと小野さんに伺いました、と柏原が茶をひと口飲んだ。

「私の世代だと、ユタについてある程度知識はありますが、正直なところ、いわゆる霊能力、超能力については信じていません」

　当たり前です、と宇都子が胸を張った。

「死人は口を利いたりせんですよ。口寄せなんて、あるわけないでしょう。ユタもイタコも百年前には絶えちょりますすよ。それでも、亡くなった肉親と話したいと願う者はいます。死んだら話せんのよ、と言うのは酷やとわたしは思うちょります。だから、今もユタは残っちょるんです」

　話せないんですかと尋ねた堀口に、もちろん、と宇都子が澄ました顔で言った。

「そういう力があった方がいい、あってほしいと誰でも考えます。超能力、霊能力、ＵＦＯや宇宙人、それはそれでええ。信じる者もおってええ。わたしだって、心のどこかじゃ宇宙人に会《お》うてみたいと思うてますよ」

「あなたはユタだと伺いましたが……」

　ユタ筋ですよ、と宇都子が笑った。

「おばあさんはほんまもんのユタやったそうです。わたしもうっすら覚えがありますよ。ユタの血を引いてますけど、自分はユタやないと思うちょります」

「ですが、青木さんの名前を言い当て、場所を小野さんに教えましたよね？」

　勘のいい人はどこにでもおるでしょう、と宇都子がうなずいた。

「小さい頃から、あんたは勘がええね、と言われてました。それは本当です。でも、たいしたことやない。もっと強い力があったら、青木さんの死を止めちょったですよ」

では、と柏原が身を乗り出した。

「どうやって青木の名前を知ったんです？　なぜ、久我山に行けと萌香さんに言ったんですか？」

しばらく黙っていた宇都子が、そんな力はないんよ、と囁いた。

「ほいじゃけど、見える時があるから困る……最初から話すと、わたしはあの女のことをずいぶん前から知っちょった。顔も名前もわからんけど、この世におるのをね……言うとることがメチャクチャじゃ、そう思うてるでしょ？　どうかしてるんは、自分でもわかっちょります。ずっと考えてきましたけど、わたしはあの女を映す鏡なんやと思います」

「鏡？」

誰の心の中にもあの女はおるんです、と宇都子が言った。

「怒り、不満、嫉妬、僻《ひが》み、悪意……わたしには、そういう感情が人一倍あるんでしょう。ほいじゃから、あの女を映す鏡になる。あの女が怒り、呪詛の言葉を吐き出し、その声が大きければ大きいほど、はっきりと姿が映るんです。青木さんの名前、どこにいるか、何をしているか、教えてくれたのはあの女ですよ」

説明になっちょらんかね、と宇都子が頭を掻いた。訳がわかりません、と柏原が肩をすくめた。

「ですが、詳しい説明を求めても意味はないんでしょう……日比谷のホテルを出たところで、萌香さんがあなたに電話をしていましたが、私と堀口が警視庁の戸田警視長から個人的な依頼を受けたのは聞いていますね？」

「はいはい」

「雨宮リカの所在を突き止める、それが依頼の内容です。私立探偵にあの女を逮捕することはできません。それは警察の仕事です。リカがどこにいるか捜し出し、報告すれば仕事は終わります」

「ほうですか」

「リカは今どこにいるんです？」

わかりません、と宇都子が頭を垂れた。

「あの女が感情を剝き出しにして怒り、荒れ狂わんと、わかりゃあせんのですよ。何で久我山におるとわかったかゆうたら、青木さんや警察があの女を追ってると気づいたからで、本人に言わせれば正当防衛なんでしょう。そこの理屈はようわかりません。もともと、理屈が通じる女じゃないんです」

「わかってます」

「今、あの女は息を潜めちょります。訳は後で話しますけど、それでもわかることはあります。柏原さんは私立探偵やそうですね。子供の頃、シャーロック・ホームズとか怪人二十面相の話を親に読み聞かせてもらいました」

わたしは目がこうだもんで、と宇都子が両手で目を覆った。

「自分では読めんかったけど、親が読み聞かせてくれました。しまいにゃ大人向けの小説も読んじょりましたよ……私立探偵やったら、頭を働かせればええ。萌に聞きましたけんど、あの女は久我山で青木さんを殺してから、パトカーで逃げたそうやね。ニュースでもそんな話をしちょりました」

正確には違います、と柏原が空咳をした。

「目撃していた警察官によると、青木を殺したのは少女、つまりリカの娘だったようです。あなたに言われて久我山に来た萌香さんが少女を撥ね、リカは娘をパトカーに乗せて逃げました」

「はいはい」

「ニュースでどこまで情報を公開しているか、私もはっきりわかりませんが、その後乗り捨てられたパトカーが初台で見つかり、トランクから若い男女の死体が出てきました。二人を殺害したのはリカで、奪った車に乗り換え、逃げたと思われます。まだ行方はわかっていません」

朝方、この子が帰ってきて、と宇都子が萌香に顔を向けた。

「女の子を撥ねた時の話を聞きました。三〇キロか四〇キロか、それぐらいのスピードでぶつかった、女の子がぽーんと宙に舞って、地面に叩きつけられた……萌、そんな顔せんでええよ。そうするしかなかったんや」

萌香がうなずいた。女の子は小学生ぐらいに見えたそうです、と宇都子が話を続けた。

「その子は酷い怪我を負ったでしょう。死んでいてもおかしくない、と萌は話していました。でも、死んではおらん」

「なぜ、わかるんです？」

堀口の問いに、死んでいたらこの子は殺されてました、と宇都子が萌香の背中を優しく撫でた。

「娘を殺されて、あの女が黙っているはずがない。その場で萌を八つ裂きにしたっておかしゅうなかった……あの女が逃げたのは、萌を殺すより、娘を救うことを考えたためです。医者の娘で、看護婦やから、どうすればいいのかはわかっていたはずやしね」

「人殺しでも、親は親ですからね。娘を救いたいと考えるのは当然でしょう」

堀口さんはあの女のことをわかっちょらんね、と宇都子が唇を結んだ。

「娘の命が大事なら、救急車を呼んで病院に行くしかない。けど、あの女が考えているのは自分のことだけじゃ。車に撥ねられた娘を救うため、自分で車を運転して病院へ行った……字面だけ見たら、美談でしょう？　良き母親、良き妻と思われたい、その強すぎる念があの女を化け物にしたんよ」

病院には行ってませんと言った柏原に、行くわけがない、と宇都子が苦笑いを浮かべた。

「そんなことをしたら、駆けつけた警察官に逮捕される、そんなわけにはいかない……あの女がおかしいのは、現実と頭ん中の妄想を無意識でごちゃごちゃに混ぜても平気なところや。世間が誉めそやす母親なら、娘を救うために何でもする。だからあの女は娘をパトカーに乗せ、病院に向かった」

「行ってはいないと――」

だから自分を正当化する理由を作った、と宇都子が言った。

「誰かが娘の命を狙っている、それは政府とか警察とか大きな組織で、病院にも手を回している。娘を救うためには逃げるしかない……医者やなくて、自分が治したら、そんな立派な母親はいないゆうことにもなる。あの女の頭ん中では、うまいこと全部が繋がっとるんよ。そうやって何もかんも自分のためにしてきたんじゃ」

リカがどうかしているのは、と柏原が頭の後ろを掻いた。

「私もわかっているつもりです。本間《ほんま》事件を知らない警察官はいません。二年半前に起きた死体遺棄に始まる一連の事件の犯人もリカです。しかし、インターネットのありがたいところで、リカの過去について最近は情報が増えていますからね……あなたに伺いたいのは、今、リカがどこにいるかです」

年寄りの話はどうしてもあっちゃこっちゃに寄り道する、と宇都子が微笑んだ。

「さっきも言うたけど、理屈で考えたら、ある程度見当がつきます。あの女はパトカーで逃げ、途中でカップルを殺し、車を乗り換えた。でも、カップルの死体が見つかったんなら、車のことも警察はわかったやろ？」

「所有者は殺害された男性でした。我々は車を追っています」

「車種やらナンバーやらがわかっとるなら、捜すんは難しくない。スピード違反の……あれは何と言うたっけ？」

オービス、と萌香が囁いた。それや、と宇都子がテーブルに指を置いた。

「よく知らんけど、道路や店には防犯カメラがあるやろ？　大通りを走っておったら、必ず見つかる。ほいじゃで、あの女はこまい道しか走らん。それでも、いつかは見つかる。だから、あの女は車を捨てるしかない」

　娘は重傷を負っているはずです、と柏原が言った。

「小野さんの話によれば、両腕、両足、頭や首、どこを骨折していてもおかしくありません。裂傷もあったでしょう。撥ね飛ばされ、地面に叩きつけられた際、頭を強打していれば脳挫傷か、もっと酷い状態になったかもしれないんです。全身打撲、出血多量、何であれ迅速に手当をしなければ娘は死にます。だが、病院には行けません」

　あれは東京におるんです、と宇都子がうなずいた。

「殺された男ん人と女ん人が見つかったんは、初台言いましたね？　渋谷区でしょう？　ざっくりした言い方ですんませんが、渋谷区、新宿区、目黒区、世田谷区……初台を中心に捜したらええ。必ず近くにあの女はいます」

　場所を特定できなければ意味はありません、と柏原が言った。

「渋谷区初台を中心に、半径五キロ以内にリカが隠れていると考えるのは、私も同じです。しかし、戸建て、マンション、アパート、隠れ場所は無数にありますよ」

「空き部屋やなくて、誰かが住んでる家かもしれん」

「知らない女を見かけたら、近隣住人が不審に思うでしょう」

　あんたは真っ当に考え過ぎちょる、と宇都子が柏原に顔を向けた。盲目のためか、微妙に視線の向きがずれていた。

「おっしゃる通り、東京には星の数ほど部屋がある。家もそうやね。その分、空き家や空き室も多い。誰も住んじょらん部屋に入り込んで、住み着くんは難しゅうない」

そうでしょうか、と堀口は首を傾げた。

「言いたいことはわかります。ぼくはマンション住まいですけど、全部で二十室あって、いつでも満室ってわけじゃありません。今も入居者募集中ですし、一部屋か二部屋は空いてると思います。でも、長くて半年ほどでしょう。いずれは誰かがその部屋を借りますし、その間も不動産会社がメンテナンスに入ったり、内見もあるんじゃないですか？　隠れ住むと言っても……」

もっと嫌なことを言いましょか、と宇都子が声を低くした。

「分譲マンション、戸建てを購入して、そこに住んでる人がおるやろ？　その中には一人暮らしの年寄りもおる。この家も似たようなもんやから、わかるんさ。昔はね、ご近所付き合いがありましたけど、十年ほど前からぱったりなくなりました。隣同士でも余計なことは言わない、干渉しない、そういうもんですよ」

「わかりますが……」

一人暮らしの年寄りを殺し、その部屋を乗っ取ってるかもしれん、と宇都子が言った。

「でも、だあれも気づきはせん。あれが男やったら、近所の人もおかしいなあ思うかもしれんけど、女は怪しまれん。分譲住宅に住む年寄りやったら、ローンは終わっちょる。細かい話やけど、光熱費なんかは銀行の自動引き落としにしちょるやろ。あの女はそういう家か部屋をいくつも都内に持っちょって、そこに娘を運び入れたんやろな」

「アジトってことですね？」

「あれは自分が看護婦や思うてるし、父親は開業医やてニュースで言うとった。医療器具を持っていてもおかしゅうない。今は息を潜め、娘を看病しちょるんよ」

問題はその場所がどこなのかですと言った柏原に、あの女が考えちょるんは自分のことだけや、と宇都子が手を振った。

「怒りや憎しみ、そんな感情より、娘を救う母親ちゅう立場の方が大事なんじゃ。わたしの鏡に映るんは、あの女の醜い姿だけよ。ほいだで、どことは言えん。理屈でわかるんは、初台からそう遠くない場所ゆうことだけじゃね」

バブルが崩壊して二十年以上経つ、と柏原がため息をついた。

「世の中は不景気だが、不動産投資は人気がある。新築マンション、新築戸建ての需要は今も多い。そして高齢化が進んでいる。一人暮らしの老人も増えている。リカのアジトになり得る家や部屋は数え切れないってことだ。初台から数キロ圏内というだけじゃ、警視庁四万五千人の警察官が総出で捜しても見つかりっこない」

手掛かりはあります、と萌香が言った。

「娘が酷い怪我を負っているのは、わたしが誰よりもよくわかっています。あの子を撥ねた時の感触が、今も手に残ってますから……カップルを殺したのは、車を奪うためです。車がなければ、少女を運べません」

「車を調べれば、その近くにリカがいる……そうですね？」

堀口の問いに、どうやろな、と宇都子が顎の下を掻いた。

「あの女は頭がええ。そんなことは百も承知やろ？　アジトと言いましたけど、そこに娘を運び入れたら、すぐに車を捨てに行ったでしょうな。東京どころか、神奈川か埼玉まで行ったかもしれん。どこぞの海か川に沈めたら、しばらくはわからん……電車かバスで戻って、娘の手当をしているんやと思いますで」

どこにいるのかわからないんじゃ話にならん、と柏原が眉間を指で揉んだ。

「もっとも、ユタを当てにしていたわけじゃない。ピンポイントでどこにいるか教えてくれるはずがないのはわかっていたよ……宇都子さん、あなたはリカと年齢が違う。直接の関係はありませんよね？」

わたしはうちなんちゅうよ、と宇都子が胸に手を当てた。

「東京で暮らすようになったんは、二十五年ほど前や。あの女と関係なんかあるはずもない。

ほいだけど、あの女のことは知っちょりましたよ」

「それって……超能力ですか？」

首を傾げた堀口に、違う、と宇都子が言った。

「あれは萌を殺すつもりじゃった。だから、気づいたんよ」

堀口は萌香に視線を向けた。この子や、と宇都子がうなずいた。

5

あなたが里佳と仲良しなのは、よく知ってます。

だって、いつも里佳はあなたの話をしていたもの。あなたと遊んだ、あなたと勉強した、あなたといてとてもたのしかったとてもとてもとてもとても
友達なら、里佳のことを助けてくれるでしょう？　いいの、答えなくていい。あなたの想いはわかってる。

あら、あなたのお名前は？　ごめんなさい、リカ、忘れちゃった。それとも、聞いてなかった？

駄目ね、ママ失格。娘の友達の名前を聞かないなんて。もしあなたが悪い子だったら、ど

うしましょう。

ううん、そんなことない。だって、里佳が選んだ友達だもの。悪い子のはずがない。いい子に決まってる。

いい子なら、友達を助けたいでしょ？　そう、それがいい子。友達のためなら、何でもできる。

リカはね、友達がいなかった。子供の頃から、ずっと。

それは仕方ないの。リカは同じ歳の子と遊べない。だって、子供なんだもん。子供って、頭が悪いでしょ？　男の子も女の子も、みんな馬鹿。

みんな、リカに憧れてたじゃない？　きれいで、性格もよくて、大人で、頭が良くて、まるでシンデレラみたいって。

そんなことないよってリカは言ったのだってシンデレラにはぱぱがいないでしょだけどりかにはぱぱがいたもの

それに、シンデレラは性格の悪い継母と義理の姉に苛められてた。リカは違う。リカは苛められたことなんてない

ああ、でも、リカにも意地悪なお姉さんがいた。リカ、すごく嫌いだった。偉そうだし、わがままだし、リカのことを苛めて笑ってたから。

そうか、リカは本当にシンデレラだったのかもしれない。

だけど、シンデレラも大変なの。だって、孤独だから。

だから、里佳にはお友達をたくさん作らないと駄目って教えた。ママは辛かった。苦しかった悲しかったたままみたいになってほしくないって
里佳は素直でいい子でしょ？　あなたもよく知ってるわね？　だから、お友達が多かったの。

でも、きっとあなたが里佳の親友。そうよね？　リカにはわかるだってわかるからわかるからわかるの
本当に困ってたのよ。里佳が車に撥ねられるなんて、思ってもみなかった。あんな酷い怪我をするなんて。

どうしていいのかわからなかった。ほら、リカは身分を隠してるでしょ？　高貴な生まれだってわかったら、あの人が離れていくから。

そんなの嫌。リカは愛する人と一緒に暮らせれば、それだけで幸せ。

病院には行けない。でも、それじゃ里佳が死んじゃう。誰か、誰か助けて。リカを助けて。

ほら、願いがかなった。いつも言ってるでしょ。

あなただって、すぐにわかった。他の子とぺちゃくちゃお喋りしてたわね？

駄目よ、あなたは里佳の親友なんだから、いつだって里佳のそばにいないと。

とにかく、あなたを見つけた。里佳を救ってくれてありがとう。

今朝からお伝えしている大阪のバラバラ殺人事件ですが、続報が入りました。大阪のホテルで見つかった遺体はテレビジャパンの社員、と大阪府警が公表しました。現在、同ホテルに宿泊していた女性の行方を捜索中で
まあ、嫌ね。バラバラ殺人だって。殺されたのは男の人？　最悪。女が殺したのね。

こんなにリカは幸せなのに、世の中には怖い女がいる。人殺しなんて、信じられない。どうしてそんなことを？

ただ殺したんじゃない。死体をバラバラにしたのよね？　うわ、気持ち悪い。リカ、吐いちゃうかも。

ゴメンゴメン。冗談よ。里佳のお友達の前で、そんなことしない。当たり前じゃない。

ねえ、どうしたの？　さっきから何も話さないけど、何かあったの？

リカのことを見ようともしないし、動かないし、そんなに里佳が心配？　大丈夫、あなたがいるから里佳は治る。心配しないで。

あれ、おかしいな。ねえ、チューブが詰まったみたい。うまくいかないうわどうしていつもこんなおまえばかおまえばかにしているおまえおまえおまえだよちがでてきたちが

ちがちが

6

あの年の夏、と宇都子が天井に手のひらを向けた。

「不意に、目の前が真っ暗になったんよ。目が見えなくても、そういうことはあるんです。昼間やのに辺りが暗くなって、音も聞こえんくなりました。慌てて大声で叫んだんを覚えてます」

「何があったんです?」

堀口の問いに、そん時はわからんかった、と宇都子が言った。

「でも、何日か後、萌のクラスに転校生がきた、そんなことを娘が言うてました。それで、目の前が真っ暗になった理由がわかったんです。とんでもない化け物が萌の周りにおると……」

あの子が転校してきた時、と萌香が顔を伏せた。

「きれいで、おとなしくて、上品で、感じのいい子だと思いました。クラスのみんなも、そう言ってましたし……でも、何かがおかしいとすぐに気づいたんです」

詳しい話を聞きました、と宇都子がため息をついた。

「萌には好きな男の子がおったんやけど、あれはその子の家に引き取られた養女やと言うてました。世間から見たら、高校一年生の女の子は子供ですよ。そいじゃから、腹ん中に血も凍るような企みがあるなんて、誰も気づかなかったんでしょうな」

「企み？」

あれは戸籍を変えにゃならんかった、と宇都子が言った。

「養女にした家を乗っ取れば、新しい名前が手に入る。どうしてそんなことをしたんかは、わたしにゃわからんです。でも、目的のためなら義理の両親も義理の兄弟も殺す気やったんは確かじゃ。高校一年生の女の子がそんなことをするはずないから、疑われはせん。でも……邪魔になる者が一人おった」

萌です、と宇都子が湯飲みに手を伸ばした。

「あの女に慈悲の心なんかありゃしません。疑われないためには、家族全員が事故死したと装うしかない。あれは誰が死んだって構やせんですよ。ためらいもなく殺したでしょう。でも、萌がそれに気づくとわかった。それなら、邪魔者を殺すしかない」

「なぜ、小野さんがリカの企みに気づくとわかったんですか？　最初から殺すつもりだったんですか？」

そこはわからん、と宇都子が首を振った。

「あの女は他人の心を読みます。超能力いうたら、そうかもしれん。でも、そういうんやないと思います。並外れた直感力があり、観察力も普通じゃなかったんでしょう。だから、誰の心ん中も、手に取るようにわかった……萌がその男の子を好きやったんも、その想いが一途で純粋なことも気づいておったはずです。でも、萌は生まれつき勘が鋭い子じゃったから、見かけに騙されたりはしません。あの女の正体を見抜いた。あれがそんなことを許すはずもない。じゃから、殺すと決めたんやろな」

あなたはお孫さんの危機に気づいた、と柏原が言った。

「リカの殺意を察知したんですか？」

察知、と宇都子が短い腕を組んで考え込んだ。

「そうなんかもなあ……あん時まで、わたしはあれのことを知らなんだ。萌が殺される思うたから、いろんなことが見えたんです。孫が殺されるとわかっていて、何もしないばあばはいませんよ……ほいじゃけど、戦っても勝ち目はありゃせんです。奇妙なぐらい悪賢い女に付け狙われたら、どうにもなりません。ほいじゃで、逃げえと言いました」

「それは小野さんに聞きました」

あの女は津波と同じです、と宇都子が言った。

「人間の力ではどうにもなりゃせん、逃げるしかない……沈むとわかっとる船にいつまでも乗っとる馬鹿はおらんですよ。真っ先に逃げんかったら命を取られる、そう話しました。あん時は、それしか考えられんかった。同じことを言うようやけど、孫は可愛いもんです。守ってやらにゃならん、それだけじゃった。娘が信じてくれて助かりました。まず転校させて、それから家ごと引っ越したんです。この子が無事やったんは、娘のおかげです」

「もし、小野さんが転校していなければ……どうなっていたと？」

柏原の質問に、殺されちょったですよ、と宇都子が答えた。

「あの女がいろんな人の死にかかわってると知った者は、みんな殺されます。手を打つのが早かったから、何とか間に合うたんです」

わかりませんね、と柏原が首を傾げた。

「あなたはリカの恐ろしさを誰よりも知っていた。それなのに、青木を助けろと小野さんに言った……昔、あなたはお孫さんを守ったわけでしょう？　リカとの関係を断っていれば、それでよかったのでは？　本間隆雄《たかお》について、聞いたことがあるはずです。彼が味わった生き地獄は十年続きました。それでも、あなたは動かなかった」

「そうやね」

「責めてはいません。私だってそうしたでしょう。藪蛇になるだけですからね。あなたにとって本間は他人で、過去、リカに殺された者たちもそうです。しかし、青木も他人でしょう。なぜ、危ない橋を渡ろうとしたんです？」

間違ってたと気づいたんじゃ、と宇都子が唇を強く嚙《か》んだ。

「赤の他人やから、殺されても知らん顔をしちょればええ、人殺しの女を逮捕するんは警察の仕事や……そう自分に言い聞かせたこともあります。ほいじゃけどあの女は普通の人殺しと違います。気づいておるんはわたしと萌だけで、何もせんかったら、あの女は何かに乗り移って、もっと酷いことをしよるでしょう」

「何かとは？」

悪意が連鎖すりゃあ、あの女が増えよります、と宇都子が言った。

「あれは気に食わん者を次々に殺しちょります。一人やったら何とかなるかもしれん。ほいじゃけど、悪意が広がったら恐ろしいことが起きます。自分とは違うちゅうだけで、人殺しをするもんも出るでしょう。あれの抱えちょる闇は底が知れん。自分さえ良ければそれでええ、と誰もが思うようになる。止めるんは今しかない、そう思うたんですよ」

わかるか、と柏原が囁いた。いいえ、と堀口は肩をすくめたが、背筋を冷たい汗が伝っていた。

scream 3

しつこいよ

1

美貴は頭を上げた。自分がどこにいるのか、それさえわからなかった。
助けて、とかすれた声で叫んだ。
「誰か……ママ、パパ、誰か助けて。何にも見えない。
涼、ここはどこ？　夜なの？　どうしてこんなに暗いの？」
鼻の奥から、ぬるりと何かが出てきた。血だ。

それだけではない。顔がべたべたしているのは、血に塗《まみ》れているからだろう。

何があったのか。何が起きたのか。

「助けて！」

声を張り上げたつもりだったが、出てきた声は囁きより小さかった。激しく咳き込むと、血の塊が喉から溢れた。

（どうして）

いつもと変わらない一日のはずだった。学校に行き、授業を受け、ハンバーガーショップで友達と話し、涼とデートする。ただそれだけの一日。

（あの女だ）

脳裏に痩せた女の顔が浮かんだ。痩せているのではなく、骨に皮が張り付いているだけの化け物。あれは何だったの？

気が付くと、ベッドに寝ていた。そうだ、思い出した。ここは部屋だ。どこかのリビング。

口に押し込まれたガーゼと、手を縛っていた紐はなくなっていた。

あの女は訳のわからないことをつぶやいていた。いつまでも、いつまでも、つぶやきは続いた。

そして呻き声になり、沈黙し、またつぶやきが始まる。喚《わめ》き声になったかと思えば、そのまま話しかける。

何を言っているのか、本当にわからなかった。日本語なのだろうけど、まともじゃない。あの女の喉から数珠《じゅず》繋ぎになった言葉が次々と押し出され、あたしの体を覆った。まとわりつく異様な臭気。あの女の体臭？　それとも違う何か？

まばたきをしたつもりだったが、目の感覚がなかった。手を顔にやっても、指先すら見えない。漆黒の闇の中にいた。

あり得ない、と美貴はつぶやいた。ここは部屋だ。窓から外が見えたのを覚えている。辺りは暗かったけど、カーテンの隙間から十字架が見えた。あれは教会だ。小さな明かりが灯っていた。

あれから何時間経ったのか。二、三時間か、それとももっと長いのか。

どっちにしても、今は夜だ。だって、こんなに真っ暗なんだから。

でも、と美貴は思った。真夜中でも、こんなに暗いなんて変だ。

おそるおそる、美貴は自分の顔に指を押し当てた。目があるはずの場所が、大きくへこんでいた。

頭の先からこめかみを伝い、異常な量の汗が流れてきた。混乱。嘘だ。あれは夢じゃなかったの？

あの女。あの女があたしの目に指を突き立て、思いきり抉った。痛みさえ感じなかった。だって、夢だから。あんなこと、人間がするはずない。

夢の中で気を失った。たまに、そんなことがある。夢ってそうでしょ？

「ああ、臭い」

女の声がした。声そのものが、凄《すさ》まじい悪臭だった。

美貴の鼻に突き刺さったそれには、悪意が籠もっていた。嗅いだことのない悪臭。

腐った魚を何時間も酢で煮詰めた臭い。ううん、違う。思い出した。

去年の秋、おばあちゃんのお見舞いに行った。肺ガンで、余命一週間ってお医者さんが話してた。声を掛けても返事はなくて、あたしはおばあちゃんの手を握った。

あの時、嗅いだ臭いと似てる。屍臭だ。

女が近づく気配がした。一歩、また一歩。女の息を感じ、美貴は胃の中のものをすべて吐いた。

汚いわね、と女が蔑むように言った。

「だから高校生は嫌なのよ。汚いし臭いし、ニキビだらけで不潔……うちの里佳は子供だけど違う。だって、リカが毎日世話をしてるから」

女の口臭と自分の吐物の臭いが混ざっていた。美貴は体を起こそうとしたが、何かで腰が固定されているので、それ以上動けなかった。

「助けて……助けてください」

切れ切れにそうつぶやくと、リカと同じことを考えてるのね、と女が手を叩いた。

「リカもね、あなたに言おうと思ってたの。助けてくださいって。里佳を救ってくださいって。ねえ、里佳を助けてあげてね。あなたしかいないんだから」

「何を……もうあたしいやだこわいよこわいこわいこわいたすけてだれかこわいよたすけてこわいだれかおねがい」

静かに、と女が美貴の口を塞いだ。

「うるさくしないで。リカ、うるさい女って大嫌い。あなたもそうでしょ？　ねえ、うるさい女なんて最低よ」

痛くても我慢してね、と女が美貴の足首に触れた。

「あれ、針が抜けちゃってる。どうして？　あなた、何をしたの？」

女の声が頭の中で反響し、いつまでも消えなかった。脳に手を突っ込まれ、かき回されているようだ。

「おとなしくしてって、何度も言ったでしょ？　どうしてわからないのばかなのおまえぉまえほんとうにはらがたつりかいらいらするいらいらりかどうしてばかなだまってればそれでいいのよこんなやつがゆけつひつようわからないりかおまえもうおまえいらいらするリカいらいらするうまくいかないこわしちゃおうかな」

足の甲に何かが刺さった。動かないで、と女が鋭い声で言った。

美貴は答えなかった。人ではない何かに自分が変わった、と悟っていた。

2

私だ、と柏原のスマホから戸田の声がした。

「テレビは見たか？」

ご尊顔を拝見している、と柏原が事務所のテレビにリモコンを向けた。

「萌香さんの家で夕方のニュースを見たが、十一時のニュースでも同じ記者会見の映像を流すとはな……それだけバリューがあるってことなんだろう」

テレビ画面の中で、戸田がコメントを出していた。夕方のニュースは堀口も見ていたが、録画だから内容は同じだ。

『……十一月五日深夜、杉並区久我山で発生した複数の殺人事件に関して、警視庁は指名手配中の雨宮リカを犯人と断定、再捜査を始めます』

事務所の電話が鳴り、堀口は受話器を取った。お前はテレビ映りがいい、と柏原がスマホに顔を向けた。

「前から思ってたが、昔の時代劇スターみたいだ。古風な二枚目が年齢を重ねて渋くなった、そんなところか?」

その軽口は何とかならないか、とスピーカーから戸田が何かを叩く音がした。

「それで、小野さんのおばあさんと会ったのか?」

会ったさ、と柏原が答えた。

「品のいいばあさんだった。生まれつき目が見えないそうだが、勘のいい人で、お茶まで淹れてくれたよ。萌香さんの話だと、家事全般何でもできるらしい」

「見えてるんじゃないかって思いましたよ」堀口は受話器を置き、話に加わった。「ぼくたちが話すと、それぞれの顔を正面から見るんです。目と目を合わせて話すつもりなんでしょう。少しずれることはありましたけど……」

そんなことは聞いてない、と戸田が話を遮った。

「ニュースじゃ三分ほどだが、実際の記者会見は一時間近かった。マスコミの質問にもすべて答えた。奥山が殺された時、警視庁がリカを逮捕できなかったのは、上の判断で情報を伏せたからだ。すぐにでも逮捕できる、と現場の連中が甘く考えていたこともあった。マスコミに余計なネタを出せば、痛くもない腹を探られるし、下手すれば市民がパニックに陥る。それは避けたい、と上層部の誰もが思っていた」

判断ミスだな、と柏原が煙草をくわえた。

「お前たちがしたのは、不明瞭なリカの写真を使った指名手配ポスターを交番に貼っただけだ。背が高く、異常な痩せ型、と特徴が手配書に書いてあったが、あんなものは何の役にも立たない。そんな女はどこにでもいる。いちいち通報するわけがない」

失敗は上も認めている、と戸田が渋い声になった。

「だから、今回は記者会見を開き、修正したリカの写真を記者連中に配った。詳しい特徴も加えている。ある意味、今までリカは都市伝説だった。本間隆雄の件はもちろん、その前には中野の病院で医師や看護師が不審死しているし、青美看護専門学校の講堂火災もあったが、リカが直接手を下した証拠が残っている事件は意外と少ない」

「そうだな」

「救急隊員殺害だって、状況的にリカの犯行としか考えられないだけで、目撃者はいないんだ。当時は科学捜査が今ほど進んでなかったから、救急車にリカが乗っていたことすら、証明できていない」

「都市伝説ね……だが、リカは幽霊でもゾンビでもない。生身の人間だ。だから青木を殺せた。井島や他の警察官もそうだ。奥山の時、リカが殺した証拠が見つからなかったと聞いたが、今回は違う。何人もの刑事がリカを見ているんだ」

小野さんもです、と堀口は言った。

「彼女はリカが青木さんを襲った時、現場にいました」

わかってる、と戸田が声を高くした。

「とにかく話を聞け。記者会見は五時半に警視庁本庁舎で始まり、終わったのは六時半頃、すぐに一課長から連絡があった。私立西朋高校の女子生徒がデートの約束をしていたボーイフレンドに、すぐ迎えに来てと携帯で連絡を入れたが、その後姿を消した。彼氏に甘えて、そんな電話をしたんじゃない。彼女は怯えていたんだ」

「何にだ？」

わかれば苦労しない、と戸田が舌打ちした。

「様子がおかしかった、とボーイフレンドは話している。彼は女子高生の携帯に何度も電話したが、電源が切れていて繋がらなかった。彼女の友人、そして親とも連絡を取ったが、行方はわからないままだ。よくある話だと言うかもしれないが、西朋高校は進学校だし、女子生徒は真面目で成績も良かった。不良がいるような学校じゃないのは知ってるだろ？」

今じゃ不良は死語だ、と柏原が言った。

「そんなもの、マンガの中にしか存在しない……とはいえ、女子高生だ。ボーイフレンドや友達、家族が知らない付き合いがあったかもしれない。誘われて、遊びに行ったんじゃないか？　携帯の充電切れは俺もしょっちゅうある」

高校は成増にある、と戸田が空咳をした。

「彼女は駅前のバス停から、大泉学園行きの京友バスに乗った。あの会社は試験的にバス車内に防犯カメラを設置している。女子高生が乗ったバスもそうだった」

「どうしてそのバスだとわかった？」

彼女が乗るところをクラスメイトが見ていた、と戸田が言った。

「その時間から車両を割り出した。カメラの性能は良くない。モノクロだし、撮影範囲も限られている。映像を見たが、北園のバス停で女子高生に続いて、がりがりに痩せた女が降りていた。その映像を見た所轄の刑事の報告を聞いて、上司が慌てて一課長に連絡したんだ」

柏原が煙草を灰皿に押し付けた。リカですかと囁いた堀口に、確実じゃない、と戸田が答えた。

「バスの乗客を捜しているが、まだ見つかっていない。運転手に事情を聞いたところ、不審な客はいなかったと話している。ただ……」

「ただ?」

妙な臭いがして、運転席の窓を全開にしたそうだ、と戸田が言った。

「漬物だと思ったらしい。ない話じゃないが、突っ込んで聞いても、よくわからないと答えるだけだ。女は髪が長く、そのため顔がよく見えなかったが——」

リカだ、と柏原がうなずいた。

「リカがその女子高生をさらったんだろう。だが、なぜだ? そんなことをする理由があるのか?」

わからん、と戸田が長い息を吐いた。

「危惧していた以上に、状況は悪くなっている。リカは都内に潜伏していると考えていいが、どこにいるかは不明だ。昨日の深夜、リカは久我山にいた。その後パトカーで逃走、初台でカップルを殺害、車を乗り換えた」

「わかってる」

「初台は渋谷区、成増は板橋区だ。間に新宿区と豊島区を挟んでいる。初台からだと約十八キロ、車でも一時間近くかかる。どうしてリカは成増にいたんだ?」

「周辺にアジトがあるんだろう」

「リカは広尾で生まれ、育っている。板橋区に土地鑑があったとは思えない……女子高生の件だが、まだ事件になっていない。行方がわからなくなってから七時間ほど経つが、小学生ならともかく高校生だ。行方不明者届は受理できない」

やむを得ないのは、堀口もわかっていた。第三者の関与が確実ならともかく、このケースでは警察も動きにくい。

「彼女の自宅近くの交番や所轄の刑事が捜し始めたが、簡単に見つかるとは思えない。最悪の想定だが――」

聞きたくない、と柏原が耳を塞いだ。もうひとつ、と戸田が言った。

「久我山の現場で小野さんが少女を目撃したな？　少女を撥ねたのは、彼女も認めている。リカが少女を連れてパトカーに乗ったのを数人の刑事が見ていたが、どう考えてもリカの娘だろう。生きているとすれば、病院で手当しなきゃならないが、都内の病院から報告はない」

「板橋区は埼玉の戸田市、和光市と隣接している。埼玉の病院に連れて行ったんじゃないか？」

「それぐらい、こっちも考えた。埼玉、神奈川、千葉の病院にも照会済みだが、該当する少女はいなかった」

「死んだかもしれない、と小野さんは話していました」

堀口はスマホに顔を近づけた。違うな、と戸田が言った。

「娘を殺されたら、リカは必ず復讐する。どんな手を使っても小野さんの家を突き止め、放火してでも殺しただろう。だが、リカが現れた形跡はないし、不審な女を見たという報告もない」

リカはアジトで娘の治療をしているんだろう、と柏原が新しい煙草に火を付けた。

「あの女のやりそうなことだ。ケガをしたのね？　ママが治してあげるってな……成増周辺でローラー作戦をかけたらどうだ？　空き家やマンションの空き室を調べれば、見つかるかもしれん」

無理だ、と戸田が吐き捨てた。

「ある程度場所が特定されていないと、一軒ずつ回るローラー作戦はできない。板橋区に潜伏しているのか、それさえわかっていないんだぞ？　どこまで範囲を広げればいいんだ？」

明日の午前中を目処に、杉並東署に捜査本部を設置する、と戸田が話を続けた。

「本庁から四十人、警察庁からも人員が来る。捜査支援も万全の態勢を取るし、一課長は全員に拳銃携帯許可を出した。一人の殺人犯のために、そこまでするなんて聞いたことがない。だが……連中がリカを発見できる可能性は低い」

ぼくも調べました、と堀口は言った。

「リカの動きは予測がつきません。数十人の乗客の前で、青木さんの同僚の刑事……梅本さんを拉致したと聞きました」

下手に動くと死人が出る、と戸田が呻いた。

「柏原……リカがどこにいるか、小野さんのおばあさんは何か言ってたか？」

都内にいると話していた、と柏原が吐いた煙を手で払った。

「初台を中心に捜せばいい、具体的には渋谷、新宿、目黒、世田谷の四区を挙げていたが、ピンポイントでどこと言ったわけじゃない。私立探偵には広すぎる」

「他には？」

「娘が重傷を負ったのは間違いないだろう。今、リカが考えているのは娘の治療だけだ。それで頭が一杯で、動くことはないと……そうだな？」

顔を向けた柏原に、うまくまとめましたね、と堀口は苦笑した。

「娘の容体が落ち着くまでリカは何もしない、とおばあさんは話していました。リカには医師並みの知識がありますし、勤務していた中野の花山病院の看護師の証言では、手術をできた可能性もあるようです。娘の怪我の程度にもよりますが、本当に自分で治すかもしれませんね」

その後が怖い、とぽつりと戸田が言った。

「リカは必ず小野さんを殺す。その邪魔になる者たちもだ……柏原、捜査本部を設置しても、リカの捜索が始まるのは早くて明日の昼だ。ろくな手掛かりもないのに、発見できるはずがない。警察にはルールがあるから、強引な捜査はできない。だが、私立探偵なら法律や常識に囚われず、リカを捜せるだろう」

柏原さん、と堀口は囁いた。声の震えを、自分でも止められなかった。

どうした、と柏原が言った。

「いきなり面《つら》が変わったな……何だ？」

姿を消した女子高生ですが、と堀口は口に手を当てて吐き気を堪《こら》えた。

「何のためにリカがさらったかわかりました。娘の治療に必要だったからです」

「看護助手ってことか？」

煙草をくわえた柏原に、違います、と堀口は首を振った。

「小野さんに撥ねられた少女は大量に出血しています。感染症の予防は医療知識があればできますが、出血を補うには輸血しかありません」

「血を奪うためか？」

勘弁してくれ、と柏原が口を閉じた。戸田も無言だった。

3

ああ、面倒臭い。里佳、手伝ってちょうだい。

本当に、お寝坊さんなんだから、でも、しょうがないか。子供は寝るのが仕事だもんね。

それにしても、この子は酷い臭いね。嫌になっちゃう。

でも、ありがとうって言わないと。あなたが里佳を救ってくれた。感謝してます。

帰っていいって言ったのに、どうして帰らないの？　困るのよ、いつまでもいられると、里佳が嫌がるじゃない。しつこいよ。

そんなつもりはなかったの。帰ってって、肩を押しただけ。それなのに、あなたは動かなくなっちゃった。

本当に困る。壊れたオモチャは片付けないと。あなたもお母さんに教わったでしょ？

だから、リカはあなたを片付けます。でも、重すぎる。ゴミ箱まで持っていけない。仕方ないから、全部切ることにした。

ああ、すごく面倒。汚いし、臭いし、暑いし。リカ、汗かいちゃった。

お風呂場のドアを閉めてるからかな？　だけど、臭いがリビングルームに漏れるのは嫌。

里佳が寝てるから、大きな音も出せないし。

このノコギリ、小さいよね。どうしてこれしかないんだろう。誰か新しいのを買ってきてよ。

見て、刃に脂がついて全然切れないの。研げって？　リカ、そんなことできないよ。したことないもの。

うわ、脂って黄色いんだね。気持ち悪い。どうしてだろう、皮膚は白いのにね。

シャワー、シャワー、シャワー。全部流しちゃえ、白も、黄色も、赤も。

骨が硬くて、手が疲れちゃった。いつまでこんなことしなきゃならないんだろう。リカ、もう飽きたよ。

そんなこと言っちゃダメだよね。里佳が聞いたら、ママ、ダメって言われる。もう子供じゃないんだからって。

はいはい、わかりました。ぜーんぶママがやります。それでいいよね？

そっか、切らなくてもいいのか、骨を折って、外せばいいんだね。その方が楽かも。

臭い。何、これ。凄《すご》い嫌な臭いなんですけど。

何か、どろどろしたものが出てきた。不潔。汚い。触りたくない。

ゴメンゴメン、ママはグチが多いよね。里佳には聞かせられません。わかってます。

あれ、何か詰まってる？　排水口？

どうしようかなあ。トイレに流せばいい？　そうだね、そうしよう。

4

小野さんの自宅周辺は警察官がパトロールしていると最後に言って、戸田が通話を切った。

明日の朝行くと言ったが、と柏原が冷蔵庫から取り出したバドワイザーの瓶に直接口をつけた。

「リカがどう動くかわからん。正直に言うが……俺は怖い」

ぼくもです、と堀口はうなずいた。あの女はまともじゃない、と柏原が瓶をテーブルに置いた。

「人間ってのは、どこかで自分を疑ってるもんだ。何をするにしても、これでいいのかと考える。だが、リカは違う。あの女は自分の正しさを信じて疑わない。まるで自分がご本尊の新興宗教団体だな。少しでも逆らえば、あっさり殺される。教祖様のご意向に逆らった罰ってことだ」

ぼくは宗教二世です、と堀口はプルタブを引いて缶コーヒーを開けた。

「だからわかりますが、信者のほとんどは優しい人です。あなたのためだからと信仰を勧めてきます。悪気なんて、かけらもありません。リカもそうなんでしょう」

悪気がない分始末に困る、と柏原がビールを飲んだ。ぼくの親もそうでした、と堀口は言った。

「毎日、市営団地の花壇の手入れをしてましたよ。きれいな方がみんな気持ちがいいでしょうって……」

少しは耐性があるってことかと言った柏原に、止めてください、と堀口は肩をすくめた。

「借金してまで献金を続け、親戚に責められても笑うだけの親に育てられました。どんなに辛かったか、同じ宗教二世でなければわかりませんよ……青木さんに聞きましたが、リカの父親は交通事故で死亡、それがきっかけとなって、母親が新興宗教団体に入信したようです」

「実話雑誌でそんな記事を読んだな」

萌香の家から事務所に戻ったのは、青木孝子が残した資料を調べるためだった。京都から帰る途中、リカの記録をまとめていると孝子が堀口に話したのは、虫の知らせだったのかもしれない。

多額の献金をしていたのも確かです、と堀口は言った。

「青木さんの資料によれば、ざっと三千万円……もっと多かったかもしれません。三十年ほど前ですから、今だとその倍ぐらいじゃないですか？　雨宮家は医師の家系で、金持ちだったと思いますけど、夫を亡くしたリカの母親は収入がなかったはずです。どうやって献金を続けたんでしょう？」

しがない私立探偵にはわからんが、と柏原が飲み干した瓶を片手で振った。

「株の配当じゃないか？　バブル期は銀行の利子が高かった。定期なら五パーセントあったかもしれん。一億預けていれば、それだけで五百万円の利子がつく。代々続く医者の家なら、貯金が数億円あってもおかしくない。全部教団に献金しても、家は広尾だ。自宅を抵当に入れれば、銀行から金を借りられただろう」

柏原さんは甘く見過ぎです、と堀口はぬるくなった缶コーヒーをひと口飲んだ。

「新興宗教団体は限度を知りません。破産してもいい勢いで、献金を強制します。徹底的に搾り取るのが奴らのやり口で、それは善行でもあるんです。あれこそが地獄なんでしょう」

「話が逸れてるぞ」

リカの母親は姉を連れて出家したようです、と堀口は孝子の資料に目をやった。

「小野さんも話していましたが、リカは遠縁の親戚に引き取られています。それも関係しているんでしょうか？」

「姉ね……どうしてリカを連れていかなかったんだ？　莫大な献金をすれば、教団幹部に収まっても不思議じゃない。リカの母親はそれを望んでいたんじゃないのか？」

待ってください、と堀口はデスクの書類立てに手を伸ばした。

「どの資料だったかな……警察が母親と姉の所在を教団に確認したが、出家はしていない、教団への連絡もない、一切関係ない、そんな回答があったと青木さんが話していた覚えがあります」

「金の切れ目は縁の切れ目か。怖いな」

妙ですね、と堀口は手を止めた。

「リカの母親が多額の献金をしていたのは間違いありません。ぼくの母は親戚から金を借りまくっていましたけど、リカの母親も同じことができたはずです。うちよりは金持ちの親類がいたと思いますよ」

謙遜するな、とからかうように柏原が言ったが、そうじゃないんです、と堀口は書類立てからファイルを抜き取った。

「リカの母親から、教団はまだ金を引っ張ることができたはずです。出家は犯罪でも何でもありません。隠す必要はないんです。警察から確認の連絡があっても、教団にいますと答えればそれでよかった……柏原さん、リカの母親は出家していないのかもしれません」

「姉を連れて出て行ったんだろ？」

いえ、と堀口は長い息を吐いた。

「リカが母親と姉を殺した……そう考えると、二人が姿を消し、行方がわからないのも説明がつきます。交通事故と言いましたが、父親の死は轢き逃げによるもので、犯人は捕まっていません。まさか……それもリカがやったのかも？」

その頃、リカは中学生だった、と柏原が言った。

「高校に転校してきた、と萌香さんが話してただろ？　中学生が両親と姉を殺した？　馬鹿も休み休み言え。そんなわけないだろう」

柏原が冷蔵庫の扉を開け、取り出したバドワイザーを一気に飲んだ。顔色が白くなっていた。

5

お願い。お願いよ。里佳、目を開けて。

ママがどれだけ心配していると思ってるの？　こんな酷い怪我、見たことない。

リカのパパがいてくれたら。パパならすぐ治せるのに。

手は尽くしたの。できる限りのことをした。本当よ。

ママは努力した。頑張ったの。いつだってそう。リカはいつでもそう。

お願いだから目を開けて。ママって呼んで。

畜生。あの女。何て惨《むご》いことを。

里佳はまだ子供なのに。子供を車で撥ねるなんて。

あの女は里佳を殺すつもりだった。リカにはわかる。

あの女の顔を見た。笑ってた。大笑いしていた。

残酷な女。許せない。絶対許せない。

リカ、あの女を見た。顔も覚えてる。小さい車に乗ってた。小さくて黄色い車。リカは忘れない。

里佳、待っててね。ママがあの女に文句を言ってやる。すごく怒ってるって言わないと言わないとわからないだってあのおんなどうかしてるからあたまがあたまがあのおんなめちゃくちゃにおかしいゆるせないりかゆるせないころしてやるあなたのためにあなたのためよあなたのためなんだからほんとうに
夕方の記者会見で警視庁は一連の事件の犯人を雨宮リカと断定、写真を公開しました。今後捜査本部を設置し、本格的な捜査を始めるとコメントしています。雨宮リカは過去にも他の

殺人事件で指名手配されていましたが、余罪も含め捜査中と

里佳、大丈夫？　大丈夫よね？　だって、ほら、ママの手を握っているもの。もっと力を入れて。しっかり握って。こんなにあなたの名前を呼んでるのに、どうして返事をしないの？

里佳、どうして？　何してるの？　馬鹿なの？　ほら、返事しなさいよ。ふざけないで！　あんたは気楽でいいよね。ママがどれだけ苦労したと思ってるの？　あんたの世話で、ママは自分のこと、何もできなかった。友達とも遊べなかった。旅行も行けなかった。ママは旅行が大好きなのに。知ってるでしょ？

もうアメリカもヨーロッパも飽きちゃった。何百回行ったかわからないもの。ハワイのコンドミニアムにも、何年も行ってない。でもいい。暑いだけだから。聞いて、里佳。ママはね、あなたが生まれる前、ソウルに行ったの。知ってる？　韓国のソウル。

楽しかった。ほら、パパは優しいでしょ？　一人で過ごす時間があった方がいいって、のんびりしてきなさいって言ってくれたの。

どうしてそんなこと言ったかって？　ママのお腹にあなたがいるってわかったから。

子供が生まれたら、お母さんは大変。子育てにかかりきりになる。自分の時間なんて、持てるはずがない。

だから、パパはママにそう言ったの。おかしいよね、パパって。ママがいないと何にもできないくせに。

男の人って、どうしてあんなにだらしないんだろう。でも、それもパパの可愛いところなんだけど。

楽しかった。里佳、ママもね、たまには一人になりたいこともある。大人って、みんなそうなんだよ。

誰にも言ってないけど、ママは素敵な人と出会った。ソウルのホテルのバーでカクテルを飲んでいたら、その人が声をかけてきたの。

カタコトの日本語だけど、いろいろ話してくれた。観光案内もしてくれた。彼はママを見て、一目で恋に落ちたの。

もちろん、そんなのダメ。だって、ママにはパパがいるから。

だけど、旅行には冒険がつきもの。ママ、すごく迷ったんだよ。そして、朝まで彼と一緒に過ごして

嘘。嘘よ。ママがそんなことするはずないでしょ？　ママはパパのもので、パパはママの

もの。パパを悲しませることなんてできない。

それなのに、あいつしつこかった。しつこくママに触って、愛してるって言って。リカすごくいやだったいやになっていやだっていったのに、どうしておとこってああたえられないりかあいつだいきらいどうしてにげたのどうしてりかをすてたのりかはいっしょにいたかっただけなのにまるであいつあいつあいつあいつ

6

夜が明けた。堀口は柏原と車で十条へ向かった。早朝で道は空いていた。三十分もかからず萌香の家に着き、近くのコインパーキングに車を停めた。

七時だ、と柏原が腕時計に目をやった。

「さすがに早いんじゃないか？　連絡は入れてあるが……」

六時間前、深夜一時に戸田から電話があった。萌香の家の周辺を巡回中の警察官が萌香と祖母の宇都子の無事を確認した、という定時連絡だった。

警察には守るべき法律や手続きがある。警護に関しては戸田が手を打っていたが、リカの

捜索はまだ始まったばかりだ。その穴を埋めるのが堀口と柏原の役目だった。

孝子の資料からリカの潜伏先を探り、いくつか候補が浮かんだが、複数のアジトを持っているとすれば、発見できる可能性は低い。効率的に探さないと、時間を無駄にするだけだ。

柏原が車を降り、私立探偵の仕事は基本的に人捜しだと言った。

「そこだけなら、警察より早いかもしれない。だが、落ちたもんだ。手掛かりがないからって、ユタの霊能力に頼るとはな」

「他に当てはあるんですか？」

ないから苦労している、と柏原が歩きだした。萌香の家のインターフォンを押すと、はいはい、と宇都子の声がした。

「待っとったですよ。鍵は開いてますから、お入りください」

不用心だな、と柏原が言ったが、堀口は家の近くで制服警察官を見かけていた。無言で二人に頭を下げたが、緊張感が伝わってきた。警備は固いと考えていい。

ノックして玄関のドアを開けると、萌香が立っていた。

おはようございます、と頭を下げた堀口に微笑みかけて、どうぞ、と萌香がリビングルームを指した。昨日と同じように、宇都子が座っていた。

「年寄りは朝が早いでね。まあ、座ってお茶でも飲みんさい」

萌香が椅子を勧めた。有休を取ったので、しばらく出社しないと聞いていた。

あの女がどこにおるかはわからん、と宇都子が口を開いた。

「昨日も言いましたけんど、あれは息を潜めちょるんですよ。何もしなけりゃ、気配はわからんでねえ」

気配ですか、と柏原が宇都子の向かいに座った。

「霊能力、超能力は信じないと言いましたが、直感は否定しません。私は元刑事ですが、勘のいい同僚が何人もいました。現場に犯人の気配が残っている、と話す者もいたんです。私なりの解釈ですが、彼らにはセンサーがあるんでしょう。あなたにそういう能力が備わっていても、不思議だとは思いません」

センサーはわからんけど、と宇都子が顔の前で手を振った。

「反応するちゅう意味では同じじゃやね。遠くにおったらわからんけど、近づいてきよったら気づく、そういうことなんやと思いますよ。あれがこっちを向いたら、嫌でもわかりますわ。今んところは何もないけんど、いずれは動き出すでしょう」

「いつ、とは言えないんですか？」

堀口の問いに、あれはずる賢い、と宇都子が言った。

「おまけに執念深い。今日かもしれんし、十年後かもしれん。ちいとでも隙があったら、何をするかわからんです。目の前に来るまで知らん顔をして、一気に襲ってきよるでしょう……萌がいろいろ調べて、新聞やら雑誌やら、記事を読んでくれました」

「そうですか」

警察はあの女がおると知っちょる、と宇都子が苦笑した。

「人殺しを放っておくわけにはいかんで、捜したし、調べたでしょう。そいでも、あれは逃げ続け、何人も殺《あや》め、また消えよる……萌が言うとりましたけど、えろう背が高くて、枯れ木みたいに痩せちょるそうですね」

異常な悪臭を放つ時があります、と柏原が言った。そうらしいねえ、と宇都子が顔をしかめた。

「そんな女が歩いとったら、そりゃ目立つでしょう。ひと目であの女やとわかるはずじゃったけど、警察は見つけとらんのでしょ？　何でかゆうたら、ギタイやね」

「ギタイ？」

擬態、と宇都子がテーブルに指で字を書いた。

「そういう虫がおるでしょう？　何かに似せて、そこにおると気づかれんようにする……カメレオンみたいに、体の色を変える動物もそうじゃけど、よくよく注意して見んと、あの女もわからん。すれ違ったぐらいじゃ、どうにもならんでしょう。意識しとるわけやないから、余計にわかりにくい」

人間にそんなことができますかと尋ねた堀口に、ほいじゃけ見つからんのよ、と宇都子が言った。

「木を隠すなら森の中、ちゅうでしょ？　人込みに紛れたら、見分けがつかんこともある。田舎に隠れ住んだり、そんなこともしとるんでしょう。警察のことはよう知りませんが、刑事ドラマを見ちょると、カンカツがどうたら言うとりますな。そんなんもあって、よう見つからんのやと思いますよ」

「ドラマを見るんですか？」

聞いとりゃ何とのうわかります、と宇都子が耳に触れた。しかし、と柏原が腕を組んだ。

「リカの動きがわからないと、あなたや萌香さんが危険です。私と堀口はお二人のボディガードも依頼されていますが、邪魔になると思えば、リカは躊躇せず我々を消すでしょう」

「ほうじゃね」

昨日の話では、と柏原が宇都子を見つめた。

「二十数年前、萌香さんが危険だとあなたは察知した。そうですね？　事務所で資料を調べましたが、リカが養女に入った升元家の家族は全員死亡しています。父親以外は事故死として処理されましたが、不審な点があるのは確かです。おそらく、リカが殺したんでしょう。

リカは萌香さんも殺すつもりだったが、あなたの警告によって難を免れた……あなたのセンサーは敏感ですね」

「ほうかもしれません。あれは他の女と違うでね」

勘でも想像でも構いません、と柏原が言った。

「リカはどこにいると思いますか？　今日、あるいは今後、どう動くと？」

探偵さんは勘頼みですか、と宇都子が首を傾げた。

「ホームズさんは違いましたがの。理屈で事件を解決しておりました」

「現実は小説と違います」

そない怒らんでも、と宇都子がテーブルの湯飲みに手を伸ばした。青木さんの時は、と堀口は横から言った。

「どこにいるか、地図で場所を指したんですよね？　それなら、リカが今どこにいるかも――」

あん時ははっきり見えました、と宇都子が言った。

「何でかゆうたら、凄まじい殺気が出ちょったからです。気配どころやない。目の前におるようじゃった。あれは最初から青木さんを殺す気でおった……今は違います。どこにおるか言われても、答えようがありゃせんですよ。ほいじゃけど、これからどうするかは察しがつきます」

「話してください」

萌はあれの娘を撥ねました、と宇都子がうなずいた。

「何もせんかったら、あれは静かにしちょりますが、恨みは忘れん。萌を殺さんでは気が済まんでしょう。そいじゃで、まずは萌を見つけにゃなりません」

そうは言いますが、と柏原が口を尖らせた。

「見つけようがないでしょう。リカは少女を撥ねた萌香さんを見たはずですが、一瞬ですよ？　私も現場近くにいましたが、辺りは真っ暗で、雨も降っていました。はっきり萌香さんの顔が見えたとは思えません」

あんたらは常識であれを推し量ろうとする、と宇都子がため息をついた。

「そんなことをしちょったら、いつまで経っても見つからんですよ……萌を見たんは確かで、そしたら顔は忘れません。それどころか、何の車に乗っとったか、ナンバーも覚えとるでしょう」

「車？」

わたしが運転していた車です、と萌香が宇都子の隣に座った。

「でも……おばあちゃん、うちの車は警察が調べてるのよ」

十条に住むようになって長い、と宇都子が首を強く振った。

「そいじゃで、うちの車は練馬ナンバーです」

練馬区、板橋区、北区、と堀口は指を折った。

「それから豊島区、中野区、文京区……新宿区も練馬ナンバーだったと思います。広すぎて、リカが小野さんの車を見つけるのは無理ですよ」

宇都子が左に顔を向けた。

「萌、あんた、あの車に何年乗っちょる？」

七年、と萌香が答えた。うちの車はちっこくてね、と宇都子が言った。

「何ちゅう車やったっけ？」

いつも聞くんです、と萌香が苦笑を顔に浮かべた。

「ミニクーパー。そろそろ覚えてよ」

探偵さん、と宇都子が顔を戻した。

「車には車検がある。それぐらい、このおばあでも知っちょりますよ。車を買った店に頼むんが普通やろ？」

ディーラーですね、と柏原がうなずいた。

「自動車販売店、中古車専門業者もありますが……」

七年前にディーラーで新車を買いました、と萌香が言った。誰かてデーラーでお願いする、と宇都子がうなずいた。

「家から遠いとこに頼むわけがない。あの女は車種も、年式も、色も、何もかんもわかっちょる。片っ端からデーラーに電話をかけて、車が壊れたと言うてナンバーを伝えりゃ、うちで取り扱ってますぐらいは答えよろう」

ミニクーパーは人気がある車種だ、と柏原が言った。

「乗っている者も少なくない。だが、日本車とは比較にならない。取り扱っているディーラー、中古車専門店も限られる。そして、モデルチェンジをするたび、微妙に色を変えて販売する。人気があるのはそのためだ……何色ですか？」

黄色です、と萌香が答えた。あまり見ない色だ、と柏原が舌打ちした。

「リカなら特定できるかもしれない」

ディーラーがわかったとしても、と堀口は首を傾げた。

「すぐ近くに家があるとは限りませんよ。ディーラーや中古車屋と数キロ離れていてもおかしくないし、その方が普通でしょう。半径二キロとしても、捜索範囲は広いですよ。どうやって小野さんの車を捜すんです？」

あれは車を持っちょるでしょう、と宇都子が言った。

「盗んだ車です。それに乗って、萌がクーパーさんを買ったお店に近い駐車場を回るつもりじゃろうね」

家とは限りません、と柏原がテーブルを指で弾いた。

「月極駐車場を借り、そこに車を停めている者はいくらでもいます。萌香さん、あなたは庭を駐車場にしてますね？　しかし、一戸建に住んでいるのか、マンションやアパートなのか、リカもそこまではわかりませんよ。マンション住まいなら、他に駐車場を借りるしかないんです。捜すと言っても……」

この家の駐車場にミニクーパーはありません、と堀口は言った。

「事故車両として、警察が保管しています。リカの娘を撥ねた時、フロントがへこんだとか、故障もあったのでは？　戻ってくるのは、ひと月後ぐらいでしょう。ない車をどうやって見つけるんです？」

さっきも言うた、と宇都子が顎の先を爪で掻いた。

「常識で推し量れる相手やないと……あの女はね、何百回、何千回とこの辺をぐるぐる走り回る。そりゃあ、しつこいよ。あんたらの考えてることは、あれもわかっちょる。丸一日、空っぽになっとる駐車場は少ない。だんだんと網を狭めていきゃあ、いずれはこの家やとわかる」

借り手のいない駐車場はどこにでもあります、と堀口は首を振った。

「仕事で車を使うサラリーマンも大勢いますよ。日中は運転してますから、駐車場に車はありません。リカが通った時は買い物に使っていたとか、そんなこともあるでしょう。どれだけ捜しても、見つかるとは思えません」

あれのことを調べたでしょうに、と宇都子がお茶を飲んだ。

「警察がどれほど捜しても、捕まらなかったんよ？　あれのことは誰にもわからん。このおばあにもじゃ。ほいじゃけど、これだけは言える。いつか必ずここを見つける。そん時は、萌もおばあもおしまいじゃ」

リカは萌香さんの顔を見ている、と柏原が低い声で言った。

「ミニクーパーを調べている過程で、萌香さんを見つけるかもしれない……宇都子さんの言う通りだ」

リビングの窓越しに、人影が見えた。反射的に立ち上がった堀口に、警察官だ、と柏原が首を振った。

垣根の向こうで、制服警察官が頭を下げた。堀口の二の腕に、鳥肌が立っていた。

scream 4

動く指

1

あの女。あの女。あの女。

どこかで見た気がする。リカ、どこかで見た気がする。見覚えがある。

ああ、いらいらする。リカ、思い出さないと。いらいらが止まらなくなるいらいらいらいら

いらリカいらいらいらしているいらいらいらいら

どこで見たんだろう。背の低い、色の白い女。

ああ嫌だ。何にも知りません、みたいな顔して、あんな女がリカは一番嫌い。どこにでもいる平凡な女。

ゴメンね、里佳。うるさかった？　ママ、ひとり言を言ってた。ゴメンなさい。

あの女。あの女。あの女。

どこで見たんだろう。ずっと前だ。十年？　二十年？

待って、里佳。うるさい。黙ってて。ママ、考えてるの。邪魔しないで。

でも、よかった。やっぱり里佳は強い子。ママの娘だもの、そんなのわかってた。

子供は怪我をする。でも、すぐ治る。

骨は折れた方が強くなるって、リカのパパが言ってた。そうだよね。ギプスもしたし、もう大丈夫。

あんなに血が出て、ホントにママは心配したんだよ。でも、優しいお姉さんが助けてくれた。

里佳。あなたは愛されている。誰からも誰からもだれからもよかったほんとうにあのおんなままはしあわせなんにんもたすけてくれ
都内で連続して起きている女性の行方不明事件について、警視庁は女性の写真を公表し、情報提供を呼びかけています。昨日の女子高生、女子中学生、今日の女子大生、いずれも学校

帰りに行方不明になっており、板橋区、小平市、町田市と場所は異なりますが、姿を消す直前まで周囲に人がいたなど、共通点があると警視庁はコメントしています
　本当によかった。ママ、里佳が心配で、眠れなかった。泣いてばかりいた。

目が腫れちゃった。里佳のせいだからね。

こんな顔、パパが見たらどう思うかしら。変な顔って笑うかも。

でも、パパはママのこと愛してるから、すぐにキスして、もっと愛してくれる。ママは幸せ。

ほら、お水を飲んで。そう、コップを持つの。これもリハビリになる。

ママはリハビリ病院で働いてたことあるんだよ。だから、知ってるの。

あはは。いやだ、里佳ったら、腕が曲がってるじゃない。どうしたの？　それ。変なの。

え？　臭い？　そうね、ちょっと臭いね。でも、しょうがない。トイレが詰まっちゃって、水が流れないの。

大丈夫、後で直すから。ママがいけないの。無理にいろいろ押し込んだから。

ママ、すっかり汗掻いちゃった。大好きなワンピースに赤い染みもついてる。

待ってて、里佳。まだやらなきゃいけないことがあるの。後片付けとか、いろいろ
そうね。夜はシチューにしましょう。ママが得意なシチュー。

ことこと、ことこと、ことこと。パパとあなたを思って一日中煮込んだら、美味しいシチ

ユーの出来上がり。

そっか、買い物も行かないとね。ううん、お肉はある。たくさんあるの。

でも、野菜を取らないと体に悪い。言ってたでしょ？　栄養バランスが大事だって。

大丈夫、歯がなくても食べられるぐらい、柔らかく煮込むから。臭くて腹が立つな

2

三人の女子学生は拉致誘拐された、とスピーカーフォンから戸田の声がした。

さらったのはリカだ、と柏原が事務所のソファで胡座を掻いた。おそらくそうだ、と戸田が言った。

「成増の女子高生に続き、小平で女子中学生が姿を消したため、上層部がリカの関与を疑い、小野さんの家の警護を強化した。これまでは外からの監視だったが、方針を変更し、刑事が家に入った。板橋区、小平市、町田市、それぞれの警察署に拉致誘拐の捜査本部が設置され、すべての情報を警視庁が集約している。女子学生の拉致誘拐が二日連続で起きたが、行方不明事件と公表したのはマスコミ対策だ。それぞれの犯人が違うなんて、そんな偶然はあり得ない。同一犯による犯行で、リカがさらった可能性は高い。だが、犯行場所が広範囲にわた

っているし、会議では複数犯の可能性を疑う声もあった」

他に誰がいると小さく笑った柏原に、そこは何とも言えん、と戸田が唸り声を上げた。

「私だって、半信半疑なんだ。リカが犯人だと確信しているのは、お前と堀口くんだけと言っていい」

リカの娘は怪我をしています、と堀口はスマホに顔を近づけた。

「久我山の公団前の道路から、微量の血痕が見つかったと聞きましたが、それはリカの娘の血です」

見ていたように言うんだな、と戸田が苦笑した。

「金矢《かなや》から聞いたのか？　まったく、外部関係者に機密情報をぺらぺら話す鑑識員なんて……あれだけ雨が降っていたんだ。誰の血であれ、ほとんど流れてしまっただろう。逆に言えば、微量とはいえ血痕が検出されたのは相当な出血があった証拠だ。堀口くんの言う通り、リカの娘の血かもしれないが……」

「血液型は？」

「B型、Rhプラス」

交通事故では、と堀口は言った。

「骨折、捻挫、打撲、挫傷、頭部打撲による脳へのダメージ、内臓損傷、その他さまざまな怪我が起きます。酷ければ手術せざるを得ませんが、その際には輸血が必要です」

「手術？　いや、リカが下手な医師より高い医療技術を持っているのは確かだ。だが、メスや鉗子《かんし》などの器具、そして設備がなければ手術はできない。そうだろう？」

リカは医者の娘だ、と柏原が煙草をくわえた。

「看護専門学校に通い、複数の病院で勤務経験もある。頭が良く、処置は的確で、患者の評判は良かった、と証言する者もいる。腕があるのは間違いない。堀口、事務所の電話が鳴ってる。出てくれ……リカは麻酔を含め、メスや鉗子、手術用の薬品類をアジトにストックしていただろう。手術室までは準備できなくても、クリーンルームは即席で作れる。戦場なら、ろくに消毒もしないで体にメスを突き立てるし、野戦病院で手足を切断することもある。それと比べれば、どこだってきれいなもんだ」

輸血をしなければ娘は死にます、と堀口は固定電話の受話器を耳から離して言った。

「だから、リカは女子学生をさらったんです。共通点がないと戸田さんは言ってましたが、三人の血液型は？」

「待て」

戸田が紙をめくる音がした。しばらく沈黙が続いた。

堀口が受話器を置くと、三人ともB型だ、と戸田が言った。

「しかし、どうやってリカは彼女たちの血液型を知ったんだ？」

三人は学生です、と堀口はため息をついた。

「家に帰る途中、喫茶店やハンバーガーショップで友人と話してませんか？　女子学生の話題のひとつは血液型占いです。信じる信じないではなく、ちょっとした話の繋ぎですよ。リカがそれを聞いていたとすれば……」

三人が店に寄って、友人とお喋りをしていたのは聞き込みでわかってる、と戸田がうなずく気配がした。

「だが、何を話していたか、詳しい報告はない。至急確認する。本庁の会議でも検討しよう。もし、堀口くんの言った通りだとすれば――」

三人は殺されてるさ、と煙草に火をつけた柏原が煙を吐いた。

「三人の血を搾り取って、娘に輸血したんだ。あの女は吸血鬼か？　四人目の犠牲者が出てもおかしくない。警察はリカの写真を公表し、指名手配済みだが、三人の女子学生の失踪と関連付けてはいない。証拠もなしにそんなことはできない、と警視庁のお偉方は言うだろうし、まだネットも騒いじゃいない。だが、さっさとリカの名前を出して注意喚起した方がいい。いずれはわかることだ」

簡単に言うな、と戸田が怒鳴った。

「凶悪事件の犯人はすべてリカか？　今朝、港区のマンションで火災があって、死傷者が十人出ている。一昨日は中央高速の玉突き事故で七人が死に、三十人が重傷を負った。その他、この三日で殺人事件が二件発生している。それもリカの仕業だと？」

「そうかもしれん」

「馬鹿も休み休み言え……いいか、同一犯による拉致誘拐なのは確かだが、リカと断定する根拠はない。この段階でリカの名前を出せば、東京中がパニックに陥るぞ。板橋区で女子高校生が姿を消した時、同じバスに異常に痩せた女が乗っていたが、ガリガリの女はどこにだっている」

警察は大変だな、と柏原が欠伸をした。

「人権だ何だ、法律がどうだと雁字搦《がんじがら》めにされている。それじゃホシは挙げられん……とにかく、三日経った。萌香さんの家の周辺に、リカの影はない。奴は娘の治療で手が塞がっているから、それどころじゃないんだろう。だが、いずれは萌香さんを襲い、殺すぞ。これ以上ないほど惨たらしい死体が見つかる。隣に彼女のばあさん、それを挟んで俺と堀口の死体が転がってるはずだ。お前の責任で弔ってくれ」

リカは小野さんと彼女の車を見ている、と戸田が言った。

「それを手掛かりに小野さんを捜すと言ってたな？　理屈はわかるが、そう簡単じゃない。

どうしたって時間がかかる。警察がリカを見つける方が早い」

そうでしょうか、と堀口は空咳をした。

「小野さんは高校でリカと同じクラスでした。つまり、リカが小野さんの顔、そして名前を覚えていてもおかしくないんです」
二十六、七年前の話だぞ、と戸田が舌打ちした。
「しかも、小野さんは転校している。記憶しているとは思えない」

リカは忘れません、と堀口は低い声で言った。

「おばあさんの警告もあって、小野さんはリカの正体に気づき、逃げています。リカの心の深淵を覗いた者は殺されるか、菅原さんのようになるんです。逃げ切ったのは小野さんだけで、リカが忘れるわけがありません」

「そうかもしれないが……」

名前がわかればディーラーへの問い合わせは簡単です、と堀口はテーブルを強く叩いた。

「小野萌香と名乗り、うちの車が故障した、直してほしいので家まで来てくださいと頼めば、いつにしましょう、となります。後はディーラーを尾行するだけです。小野さんの車は黄色いミニクーパーで、リカはナンバーも見てるんですよ？　それで家がわからなかったら、その方がおかしいでしょう」

先回りしてディーラーと話した、と柏原が煙草を灰皿に押し付けた。

「不審な電話や小野さんの名前でかかってきた電話には、うちのお客さんじゃありません、知りませんと答えてくれと頼んだ。悪質なストーカーがいると話したら、ディーラーも了解したよ。だが……」

受け答えに少しでもおかしなところがあれば、と堀口はスマホを見つめた。

「必ずリカは気づきます。他人の心理に敏感な女ですからね……違和感を見逃したりはしません。ディーラーをさらい、どんな手を使ってでも小野さんの居場所を吐かせるでしょう」

小野さんとばあさんを保護した方がいいと言った柏原に、検討したが、と戸田がため息をついた。

「いつまでだ？　リカが逮捕されるまでか？　一週間で済むならそれもいいが、ひと月、一年に及ぶかもしれない。雨宮リカの名前と写真を公開し、警視庁は都内に設置したすべての防犯カメラ映像をチェックしている。だが、リカはどこにも映っていない。捜査支援分析センターの画像解析ソフトは試作段階で、結局は人間の目で確認するしかないんだ。警視庁の防犯カメラは約二百台、二十四時間撮影しているから、一日で四千八百時間だ。見落としもあるだろう。それじゃどうにもならない」

「まさか……小野さんとばあさんを餌に、リカをおびき出すつもりか？」

私は反対している、と戸田が呻いた。

「危険すぎる、と捜査会議で意見を言った。十人の刑事が二十四時間警護しても、リカは易々とあの二人を殺すだろう。一日二日ならともかく、それ以上になれば隙ができる。リカはそれを見逃さない。テロと同じで、攻撃の機会を選べる側が圧倒的に有利なんだ。だが、上層部の考えは違う。一刻も早くリカ事件に終止符を打つべきだ、という意見が大勢を占めている」

「それで?」

「一般人を囮にするとは言い出しにくい。殺されたら、責任問題になるからな。だが、三日経っても状況は変わっていない。上も焦っている。記者会見までやったのに、リカを逮捕できないのはどういうことだ、と警察庁や国家公安委員会がプレッシャーをかけてくる。週明けには方針が決まるだろう。巡回の頻度を減らし、本庁の刑事を戻して警備を解いたとリカに思わせ、襲撃のチャンスを与えることになるんじゃないか? もちろん、家の中には二人以上の刑事を配置して、萌香さんと祖母を守るが――」

何度同じ失敗をすれば気が済むんだ、と柏原が吐き捨てた。

「殺された奥山や井島を忘れたのか? お前たちはリカを甘く見過ぎている。十二発の弾丸を撃ち込んでも死ななかった化け物だぞ? 青木の資料によれば、無痛症の可能性もある。

中途半端な警備をしても、刑事の死体が増えるだけだ」

「無痛症は痛みを感じないだけで、撃たれれば傷を負う。本人は気づかないから、それが致命傷になる場合もある」

蘊蓄《うんちく》を垂れてどうする、と柏原が苦笑した。

「理屈が通じる女じゃない、と萌香さんのばあさんが言っていたが、その通りだよ。あり得ないこと、考えられないことを平気でする女だ。だから返り討ちに遭い、大勢が死んだ……俺なら、今まで以上に厳重な警備態勢を敷く。リカも人間だ。娘もいるし、水や食い物も必要だ。どこにアジトがあるにせよ、必ず動く。巡回警察官を増やし、警視庁だけじゃなく、コンビニ、金融機関、店舗、都内すべての防犯カメラ映像を調べれば必ず見つかる」

「わかっている」

「今、リカには弱点がある」

「弱点？」

娘だ、と柏原が新しい煙草に火をつけた。

「手術や治療は終わっても、普通なら絶対安静だ。娘は一人じゃ動けない」

リカは愛情深い母親です、と堀口は言った。

「本人はそのつもりでいます。それがリカの理想だからです。重傷を負った娘を動かすとは思えません。行動に制限がかかっているのは、リカの弱点になります。女子学生たちをさらった場所は板橋区、小平市、町田市、いずれも都心とは言えません。警察の目を逸らすために、そういう場所を選んだのでは？　柏原さんと検討しましたが、リカは二十三区の中心、いわゆる都心地域の千代田、中央、港、いずれかの区にアジトを構えている可能性が高いと——」

場所の特定はできない、と戸田が話を遮った。

「その三区に絞っても、どれだけの家、マンション、アパートがあると思ってる？　すべて調べろと？　警視庁にそんなマンパワーはない」

堀口は視線を右に向けた。仕方ない、と柏原が肩をすくめた。

「戸田、今から俺たちは萌香さんの家に戻る。厳重な警備を頼む。お偉いさんが何と言おうと、あの二人を囮に使うな。後悔するぞ」

無言で戸田が通話を切った。堀口は自分のスマホに目をやった。夜七時になっていた。

3

月島駅前交番で、辻本《つじもと》巡査長は自転車のスタンドを上げた。夜八時、パトロールの時間だ。

月島駅近くの通りは〝もんじゃストリート〟と呼ばれ、もんじゃ焼き屋が軒を連ねている。いい匂いだ、と辻本は鼻をひくつかせた。

警察官になって七年が経つ。所轄の警察署に上がらないかと何度か誘われたが、断っていた。地域の見守り役を務め、親しみやすいおまわりさんでいたい、という思いがあった。

警察官の仕事は犯罪の捜査と思われがちだが、実際には防止の側面の方が大きい。それを支えているのは交番勤務の制服警察官で、辻本も日々それを心掛けていた。

警察官が巡回するのも、制服を着ているのも、それがある種の抑止力になるからだ。窃盗、暴力行為、強盗、放火、殺人、何であれ犯罪を企図する者がいても、制服警察官の姿を見て、止める場合があるだろう。

犯罪は被害者に重い傷を残すが、加害者も同じだ。好んで犯罪者になりたいと思う者はめったにいない。

だが、状況や環境が犯罪者を生む。逮捕されれば前科がつき、それは一生ついて回る。犯罪者を作らないのも、警察官の務めだ。

千三百万人都市の東京は、それに比例して犯罪発生件数が多い。この数日、殺人、誘拐、放火と、立て続けに重大事件が起きていた。

事件には波があり、何もない時は静かだが、一度荒れると続けて大波が起きる。悪意が伝播するからだ、と先輩警察官に教わったが、影響を受けた者が犯罪に手を出し、悪意が拡散するのは経験でわかっていた。

一キロほど南に自転車を走らせ、大きな交差点で右折した。パトロールのコースは決まっていた。

次の信号が赤になり、辻本は横断歩道の手前で自転車を停めた。斜め前の脇道に、背の高い女が入っていくのが見えた。

おかしい、と辻本は直感した。女は白いワンピースの上からグレーのヨットパーカーをはおっていたが、不自然だった。

年齢は四十代半ばに見えるが、花柄のプリントも妙だ。あれは二十代の女性が着る服だろう。

そして、女はパーカーのフードを目深にかぶっていた。その下から覗くワンピースの裾に、赤い染みがついていたのも気になった。

辻本は進行方向を変え、左側で点滅が始まった横断歩道を急いで渡った。目の前の信号が青になるのを待ち、女が入った脇道に向かった。抜けると高層マンションが二つ並んで建っているのは知っていた。

脇道というより、高層マンションへの抜け道と言った方がいい。三百メートルほど、細い道が続いている。

百メートル先を、背の高い女が歩いていた。目の錯覚ではないかと思ったほど、女の背中の幅が狭かった。棒のような体つきだ。

異常なまでに痩せている。フードの横から、ストレートの黒髪が見えた。

強い向かい風が吹き、辻本はペダルを踏む足に力を込めた。一瞬目を離した隙に、女の姿が消えていた。

（あり得ない）

抜け道の左右にはトタン板の塀が立っている。高層マンションまで続いているから、隠れる場所はない。

塀を乗り越えれば、音でわかる。しかも高さは二メートル、ジャンプすれば手は届くが、乗り越えるのは無理だ。

ポケットから懐中電灯を取り出し、前を照らした。嫌な予感がした。

背が高く、痩せた女。指名手配犯、名前は雨宮リカ。手配書は頭に叩き込んでいた。

噂は辻本も聞いたことがあった。本庁一課の刑事を殺害、首を切断した女。数十人の乗客の前で女性刑事を拉致し、顔や頭を撃たれても死ななかったゾンビ。

三日前、杉並区で起きた殺人事件の犯人。市民だけではなく、本庁の刑事も犠牲になった。

今のは雨宮リカだったのか。

高層マンションまで自転車を走らせ、広い前庭で辺りを見回した。どこにも女の姿はなかった。

夜八時を過ぎ、とっくに陽は落ちている。抜け道には数本の街灯が立っているだけで、女をはっきり見てはいない。

見間違えたか、思い過ごしか。あの女が雨宮リカだと、断定はできない。

それでも、報告はしておくべきだろう。万が一の事態に備えるのも警察官の義務だ。

無線に手をやった時、横から何かが凄まじいスピードで迫ってきた。気づくと、辻本は自転車ごと倒れていた。脇腹に深々とメスが刺さっていた。

何なのよ、と声が降ってきた。信じられないほど不快な臭いが辻本の体を包み込んだ。

「いやらしい！　付け回すなんて、どうかしてる」

女がメスを辻本の顔に突き立てた。悲鳴さえ上げられなかった。現実とは思えない。

「ひどい、いやらしい、変態！」

メスが舌を切り、口の中に血が溢れた。不意に右目が見えなくなったのは、眼球を抉られたためだ。

嫌だ嫌だ、と女が辻本の首筋にメスを当てた。辻本が最後に見たのは、街灯を反射するメスの光だった。

4

出たり入ったり、探偵さんも忙しそうじゃね、と宇都子が笑った。

「入れ代わり立ち代わり、刑事さんも来ちょる。お客さんは大歓迎よ。年寄りは寂しいで、話し相手がおるんはありがたいさあ」

刑事はどこですと尋ねた柏原に、庭と二階です、と萌香が答えた。

「玄関は向かいから私服刑事が見張っています。家に入るには、庭か二階の窓しかありません」

そこまでせんでも、と宇都子が言った。

「あれが動いたら、おばあもわかる。近づいてくりゃあ、頭ん中で警報が鳴るで、逃げるんはそれからでも遅うない」

考えが甘い、と柏原が手を伸ばし、ぬるくなったお茶を飲んだ。

「過去のリカの犯行を調べましたが、あの女は不意をついて襲っています。大丈夫だ、と思った時が一番危ないんです」

リカは異常に敏感で、ターゲットの周辺に第三者がいれば、よほどのことがない限り近づかない。
用心深く慎重だが、考えられないほど大胆でもある。いつ、どこで襲ってくるか、予測が
つかなかった。

戸田の指示によって、萌香の家の周りを二人の制服警察官が交替でパトロールしている。
また、八方向から防犯カメラで撮影し、その映像はリアルタイムで警視庁に送られ、担当者
が不審な女をチェックしていた。

加えて、斜め前のアパートの一室を借り、そこに五人の刑事が詰めている。何かあれば三
十秒以内に突入可能だ。

十重二十重《とえはたえ》に萌香の家を囲み、リカの動きに目を光らせている。突破するには刑事たちを
殺すしかない。

だが、全員が拳銃を携行している。非常時の連絡手段も確保していた。鉄壁の守りと言っ
ていい。

それでも、堀口は不安だった。いつまでもこの態勢は続けられない。人員には限りがある
し、集中力が切れたら百人で守っても意味はない。

そして、リカには忍耐力と自制心がある。確実に萌香と祖母を殺せるチャンスが来るまで、

一年でも待つだろう。

萌香も祖母も、家に籠もってばかりはいられない。仕事、買い物、外食、クリーニング、銀行、郵便局。

友人と会ったり、母親の施設に行ったり、医者に通うこともあるはずだ。刑事がガードするのも、限界がある。

そして、警視庁としては、一刻も早くリカを逮捕しなければならない事情があった。そのために警備を解き、二人を囮にするかもしれないと戸田が話していたが、数日中にそうなる、と堀口も想像がついた。

萌香と祖母を犠牲にしてでも、警視庁上層部はリカを逮捕するつもりだ。ここで決着をつける、という覚悟が戸田の声から伝わってきた。

あれの頭ん中は娘のことで一杯じゃけど、と宇都子が言った。

「それでも、萌を捜し始める頃やろ。デーラーさんとは話してくれたんじゃね？　うちんことは知らぬ存ぜぬで通してくれるじゃろうけど、いずれはあれもここに家があると知る。そんなに先やない。一週間か半月か、そんなところじゃね。そん時どうするか……」

どうもこうもない、と柏原が苦笑した。

「逃げるんだ。リカは目的のためなら手段を選ばない。両隣の家に放火し、騒ぎを起こし、混乱に紛れてこの家に侵入し、あなたと萌香さんを殺す。俺も堀口も、警備の刑事も巻き添えを食う。そんな死に方は嫌だ」

口の悪い人じゃね、と宇都子が笑みを浮かべた。

「もうちいと素直になった方がええ。おばあと萌を心配しちょるんは、ようわかっとる。逃げるのはええが、どこまで行ってもきりがない。あれは恨みを忘れん。よそん国に逃げても、気づけば後ろにおるじゃろ。おばあはもう年じゃで、どうなってもええが、萌にはまだ先がある。ここで終わらせんと、あれはもっと酷いことをしよるで」

「ここで戦うと？　どうやってです？」

堀口の問いに、これがある、と宇都子がこめかみを指でつついた。

「あれはね、萌とおばあに気づいちょる。他の者《もん》とは違うっちゅうことも知っとるじゃろうが、おばあにも調べる時間はぎょうさんあった。二十五年も前から、あれがおると気づいとったんはおばあと萌だけよ。いずれこんな日が来るとわかっちょったから、備えはしてきた」

「備え？」

心の備えよ、と宇都子が拳で胸を叩いた。

「あれが恐ろしいのは、人の心の弱みをよう知っちょるところじゃ。油断、慢心、何でもええが、そこに付け込んで来よる。殺された者《もん》はあれに負けたんやない。心の弱さに負けたんじゃ。おばあはあれが怖い。何よりも恐ろしい。あんたらでさえ、あれの本性は見えちょらん。目が見えんおばあだけが見えちょるんは皮肉な話じゃね」

何か手があるのか、と柏原が尋ねた。あれの過去を調べてくれんかの、と宇都子が頭を左右に振った。

「今なら先手を打てるかもしれん。あれは大怪我をした娘がおるで、今までのようには動けん。隠れ家を転々と変えたり、そんなわけにもいかんじゃろ。どこにおるか、こっちが先に突き止めりゃ、後は警察が何とかしてくれる。あれの弱みは過去に隠れちょる」

リカの経歴は調べました、と堀口は言った。

「本間隆雄が調査を依頼した私立探偵の報告書、そして菅原警部補が残したデータを基に、梅本刑事と青木さんが調べた資料が残っていたんです。その後、判明した事実もありますし、昔とは違いネット社会ですから、雨宮リカを検索すればいろいろ出てきます。ベストセラーになった『祈り』もそうですが、考察本、雑誌の記事も青木さんは入手していました。すべて確認しましたが……」

もっと深くせんといかん、と宇都子が低い声で言った。

「資料じゃ、データじゃ、そんなん見ちょっても、あれの心の底は見えんよ」

着信音が鳴った。柏原がスマホをポケットから取り出し、耳に当てた。

「戸田か……何だって？　警察官が殺された？」

ちょっと待て、と柏原がスマホをテーブルに置き、スピーカーフォンに切り替えた。

断言できないが、と戸田の声がリビングに流れ出した。

「月島六丁目の高層マンション前で、血溜まりが見つかったと通報があった。現場からの報告では、血の海ってことだ。誰かが刺され、大量に出血したのは確かで、血液の量から考えれば、生きているとは思えん。現場に争った痕跡があり、靴跡から月島駅前交番の辻本巡査長の名前が浮かんだ。その前から、辻本と連絡が取れなくなっていた。何があったのかは不明だが、犯人は辻本を刺し、死体を持ち去ったようだ」

「リカが殺《や》ったんだな？」

都内で発生する殺人は三日に一件弱、と戸田が言った。

「だが、死体を持ち去る犯人は年に一人いるかいないかだ。隠蔽工作かもしれんが、何の意味がある？　血溜まりは残ってるんだ。殺人が起きたのは一目瞭然だよ……だが、リカなら死体をバラバラにして、海に捨ててもおかしくない。現実から目を背けるためなら、あの女は何でもする」

そこはマンションの前ですね、と堀口は身を乗り出した。

「マンション内か周辺にリカのアジトがあるのでは？」

調べている、と戸田がため息をついた。

「通報があったのは一時間ほど前だ。西月島署の連中が周辺のマンション、アパート、機捜と本庁の刑事が高層マンションを調べ始めたが、まだ何もわかっていない。目撃者はいなかった。もしリカの犯行なら、近くにアジトがあるはずだ。二十分前、マンションから半径一キロ圏内に検問を張ったが、リカならとっくに逃げているだろう。リカがそっちへ行くとまずい。自棄《やけ》になって、小野さんとおばあさんを襲いかねない」

ないない、と宇都子が手を振った。

「そんな女じゃったら、とっくに捕まっとったでしょう。ほいじゃで、恐ろしい……戸田さんと言いましたな。おばあを信じてくれんですか？　あれはすぐにこの家へ来たりしません。おばあにはわかるんです」

「しかし……」

頼みがあるですよ、と宇都子がスマホに向かって頭を下げた。

「萌をそのマンションに入れてもらえんじゃろか？　何かわかることがあるかもしれんですね」

警察が調べています、と戸田が言った。

「素人が現場に来ても、何もわからないでしょう。捜査の邪魔になるだけで……」

余計なことはせんです、と宇都子がまた頭を下げた。

「おばあの代わりに、目になってくれりゃあええ。目だけやない、耳や鼻にもなってもらわんといかん。そしたら、あれのことが何かわかるかもしれん」

どういうことだ、と柏原が宇都子と萌香を交互に見た。ぼくにはわかります、と堀口は言った。

「おばあさんは目が見えません。高層マンションに行っても、自由に動けないでしょう。小野さんが現場で感じたことを伝えれば、おばあさんにも見えるようになるんです」

「何を言ってる？　伝えるって、電話するのか？」

ほうじゃないですよ、と宇都子が笑みを浮かべた。

「探偵さん、以心伝心っちゅう言葉は知っとるやろ？　おばあと孫じゃで、言わんでも通じることがあるんじゃ」

わたしには何の力もない、と萌香が首を傾げた。

「おばあちゃんがそう言ったのよ？　そんなテレパシーみたいなこと、できるはずないでしょ」

萌は何もわかっちょらん、と宇都子が真顔になった。

「まあええ、細かいことは後じゃ。堀口さん、一緒に行ってくださらんか。おばあの見たところ、あんたの方が所長さんより近い」

「近い？」

ええから、と宇都子が言った。

「萌、何でも見てこい。ほいじゃけど、肝心なんは臭いよ。それさえ忘れにゃ、あとはおばあがやる」

臭い、とスピーカーフォンから戸田の声がした。

「リカは異常な悪臭を放つようだが、それを言ってるのか？」

すまんかったの、と宇都子がスマホに手を合わせた。

「何たら言うたの……第六感ちゅうんか？　臭いっちゅうても、鼻で嗅ぐとは限らん。目や耳、触ってわかることもある。戸田さん、このおばあを信じてくれんか？」

しばらく無言でいた戸田が、刑事を一人つけますと言った。

「リカが近くにいるかもしれません。警護は必要でしょう。来るなら早い方がいい。今、そっちにいるのは早瀬《はやせ》と柴田《しばた》か……堀口くん、早瀬の車で来てくれ。住所は彼に伝えておく」

通話が切れた。ついでだ、と柏原がスマホをポケットにしまった。

「堀口、今のうちにリカの過去を調べろ。調査では一番最初に戻るのが私立探偵のセオリーで、リカなら広尾の自宅だ。古い住宅街だから、昔から住んでいる者もいるだろう。中学を卒業するまで、リカは自宅にいた。たかが二十六、七年前だ。リカはもちろんだが、両親、姉、出入りしていた連中についても調べてこい」

気をつけろ、と柏原が額に皺を寄せた。これを持ってけ、と宇都子が大判の付箋の束とボールペンを萌香に押し付けた。

二階から三十代の刑事が下りてきた。誰の顔も緊張で強ばっている。行きましょう、と堀口は立ち上がった。

5

月島の高層マンション、河田タワーに着いたのは夜十時だった。四十階建てのマンションが二つ並び、広い前庭とエントランスを警察官が埋めていた。

車を降りた早瀬に続き、堀口は萌香と並んで前庭に足を踏み入れた。約五メートル四方を黄色いテープが囲っていた。テープの表面に、立入禁止の文字があった。

そこが現場です、と早瀬が指さした。地面を覆うブルーシートが風に煽《あお》られ、端がめくれている。濃い黒の染みが見えた。

上から連絡がありました、と早瀬が振り返った。十条からの車の中で、警察無線が何度も入り、早瀬が話す声を堀口も聞いていた。

「あそこの抜け道が見えますか？　月島六丁目交差点から、河田タワーまでショートカットできるそうです。午後八時二十分頃、自転車に乗った辻本巡査長がそこへ入っていくのを、通行人が見ていました。パトロールのコースから外れていますが、不審な人物を見かけた辻本巡査長が後を追ったんでしょう」

暗いですね、と堀口は抜け道を覗き込んだ。街灯が数本あるが、明かりはそれだけだった。

辻本巡査長はここで襲撃されました、と早瀬が説明を続けた。

「前庭の照明は二カ所、エントランスは明るいんですが、ここは陰になっているので、いきなり襲われたらどうしようもありません。内臓の一部が落ちていましたが、最初に腹部を刺されたんでしょう。それだけでも致命傷だったはずですが、犯人は倒れた辻本巡査長の顔を刺したようです。舌の切れ端が残っていました。傷の形状から、凶器は細長い刃物、と鑑識は言ってます」

メスですかと尋ねた堀口に、あり得ますね、と早瀬がうなずいた。

「犯行時刻は八時三十分前後、死体が消えたのは犯人が持ち去ったからで、車を使ったはずですが、それ以上は何とも……どっちへ逃げたか、それがわかれば捜索できるんですが」

どう思いますか、と堀口は左に顔を向けた。わかりません、と萌香が首を振った。

「祖母に不思議な力があるのは本当です。落とし物がどこにあるかを言い当てたり、初めて会うわたしの友達の名前を言ったり、そんなことはしょっちゅうでした。家の二階から、いきなりリビングに現れたこともあります。リカの存在に気づき、わたしに警告したのも、その力があったからです。でも、わたしには何も……今はただ怖いだけです」

萌香の手が細かく震えていた。おばあさんはそう思っていないようです、と堀口は囁いた。

「ここに行けと言ったのは、人とは違う何かをあなたが持っているからでしょう。ぼくもそれは何となくわかっていました。気づいたことがあれば言ってください」

「わかっていた?」

うまく説明できませんが、と堀口は頭を掻いた。

「小野さんには〝察する能力〟がありますよね? あなたの家のリビングで、少し寒いなとぼくが思っただけで暖房をつけたり、喉が渇いたと思うと、目の前に湯飲みが置かれている……気が利くというレベルじゃありません。ちょっとした体の動きや声の抑揚で、あなたには何かがわかるんです」

この人は自分の力に気づいていない、と堀口は萌香を見つめた。額からひと筋の汗が垂れていた。

辻本巡査長は制服を着ていました、と早瀬が口を開いた。

「暴力団員でも、制服警察官を襲ったりはしません。たまに交番を襲撃する馬鹿がいますが、いかれているからそんな無茶ができるんです。犯罪者なら、警察官を見たら逃げますよ。犯人はどうかしてるんだ」

「リカでしょうか？」

さあ、と早瀬が肩をすくめた。

「いかれた、と言いましたが、覚醒剤中毒なら正気を失っていますからね……自分は一課で奥山と机を並べていたので、リカ事件について詳しく知っています。警察官を襲い、刺し殺し、死体を持ち去る……行動の辻褄が合ってませんが、リカならやりかねません。河田タワーはいわゆる億ションで、人気物件だそうです。空き室はない、と連絡がありました。辻本巡査長を殺害したのがリカだとしても、河田タワーにアジトを構えていたとは考えにくいですね」

「では、周囲のマンションやアパートですか？」

所轄の刑事が調べています、と早瀬が言った。

「まだ報告はありませんが、近所の不動産屋に協力を要請しているので、朝までには何かわかるかと……どうしました？」

前庭に面した道路に目をやった萌香の手が動いていた。大判の付箋に、ボールペンで何か書きつけている。

小野さん、と声をかけた堀口に、萌香が剝がした付箋を渡した。黒い車、と文字が並んでいた。

「これは?」

わかりません、と萌香が首を振った。その間も指が動き、付箋に文字を書き続けていた。

「〝街路樹の前〟〝駐車〟……どういう意味です?」

あそこに街路樹があります、と早瀬が抜け道の反対側を指さした。犯人はそこに車を停めていたんです、と萌香が囁いた。

「窓に駐車禁止の紙が貼られていました」

あり得ません、と早瀬が苦笑を浮かべた。

「数分ならともかく、この通りに三十分以上不法駐車していたら、近隣住民に通報されますよ。大体、何を根拠に――」

犯人は車を運転しています、と萌香が手元の付箋に目をやった。

「街路樹の前で車を停め、抜け道を通って駅の方向に出た。そこで何かを買っています……戻ってくる途中、後ろに警察官がいるとわかり、抜け道を出たところに隠れて襲ったんです」

萌香の眼球がぐるぐると回り始めた。大丈夫ですか、と堀口は肩に手を掛けた。

「何が見えてるんです？」

リカが殺した、と無言で萌香が文字を書いた。

「車に戻り、警察官をトランクに入れ、あそこの角を右に曲がりました。その先は……わかりません」

マンション前の通りはT字路で、左右に分かれている。右は勝どきです、と早瀬がスマホの地図を開いた。

「勝鬨橋を渡れば銀座、その先はどこへでも行けます。逃走コースとしては想定内ですが、しかし……」

萌香が付箋に車の絵を描いた。このシルエットはセダンですね、と堀口は言った。

「ボディに斜線を引いてますが、黒い車か……早瀬さん、防犯カメラは？」

勝鬨橋にあります、と早瀬がうなずいた。萌香がセダンの助手席に小さな影を描いた。

「これは……リカの娘ですか？」

わかりません、と萌香がそのましゃがみこんだ。疲れたのか、顔色が青くなっていた。

上に何と言えばいいんです、と早瀬が手のひらで額を押さえた。

「辻本巡査長が殺された時、小野さんは十条の自宅にいました。それは自分も確認しています。それなのに犯人を見た？　黒いセダンで逃げた？　助手席に娘が乗っていた？　そんな馬鹿なこと――」

堀口は萌香の絵を見つめた。窓に小さな丸があった。

早瀬の腕を摑み、堀口は街路樹に近付いた。ペンライトで地面を照らすと、細くちぎれた黄色い紙が落ちていた。

駐車違反のステッカーです、と早瀬が息を呑んだ。

「まさか、本当にリカがここに？」

堀口が振り向くと、怯えた表情を浮かべた萌香が見つめていた。どこからか、不快な臭いが漂っていた。

6

朝十時、ＭＩＮＩ東十条事務室の電話が鳴った。所長の丹波《たんば》は受話器を取り、お電話どうもありがとうございます、と明るい声で言った。

「すいません、小野ですけど……」

いつもお世話になっておりますと頭を下げ、丹波は壁に目をやった。三日前、私立探偵に頼まれ、注意喚起のメモを貼っていた。

『十条の小野さんの名前で電話がかかってきた時は、身元を確認のこと』

そうだった、と丹波は受話器を握り直した。ストーカー被害に遭っている、と私立探偵が話していたが、トラブルに巻き込まれているようだ。

丹波は小野萌香の整った顔を思い浮かべた。小野さんなら、変な男につきまとわれてもおかしくない。

女の声に聞こえたが、ストーカーが声を作っているのかもしれない。念のため、と丹波は咳払いをした。

「もしもし、ちょっと電話が遠いようです。どちらの小野さんですか？」

黄色いミニクーパーの小野です、と低い声がした。おかしい、と丹波は首を傾げた。答えになっていない。

「黄色、黄色……イエローですね？　すみません、それだけだと何とも——」

女が早口でナンバーを言った。

「いつもお世話になってるって言うんなら、すぐにわかるでしょ？　何してんのよ、さっさと調べて。故障したのよ。そっちの責任だからねあんただれなのなんなのえらそうにうるさいんだよふざけんなりかをなんだとおもってるのばかにしないでおまえばかにばかにばかにおまえおまえ」

思わず、丹波は受話器を耳から離した。とんでもない早口で、何を言っているのかまるでわからない。

「すぐに調べて折り返しますので、電話番号を教えていただけますか?」

しばらく沈黙が続き、見いつけた、と女が笑った。

その声に、丹波の手が震え出した。何だ、この女は。まともじゃない。

「見いつけた」

嬉しそうに女が繰り返した。何を言ってるんです、と丹波は声を絞り出した。

「いくらお客様でも、お前呼ばわりは失礼だと――」

金属音に似た甲高い笑い声が響いた。その声は一分近く続いた。

「お客様?」

おまえだ、と女が言った。

「おまえおまえしってるなおまえおまえおまえはなぜおまえおまえおまえおまえおまえおまえぜんぶはなせおまえのことおまえがおまえだ」

丹波は受話器を電話機本体に叩きつけ、事務室を出た。そこで膝が崩れた。

「誰か……誰かいるか？」

返事はなかった。膝を突いたまま、汗で滑る手でジャケットの内ポケットからスマホを引き抜き、１１０、と番号に触れた。

「はい、１１０番警視庁です。事件ですか？　事故ですか？」

何も考えられないまま、事件です、と丹波は叫んだ。また事務室の電話が鳴り始めていた。

scream 5

宴

1

朝十時過ぎ、堀口は事務所の車に萌香を乗せ、広尾にあるリカの生家へ向かった。

巣鴨駅の近くを通った時、運転席のホルダーに差したスマホが鳴った。戸田から電話があった、と柏原の声が流れ出した。

「東十条のＭＩＮＩ販売店の丹波所長から１１０番通報が入った。二十分ほど前だ」

堀口はダッシュボードの時計に目をやった。十時半になっていた。助手席の萌香が不安そうな表情で見ている。

「小野です、とその女は名乗ったそうだ……萌香さん、聞いてますか？」

はい、と萌香が小声で答えた。あなたでもないし、おばあさんでもない、と柏原が話を続けた。

「数日前、俺は丹波所長に会い、小野と名乗る電話があったら本人確認をしてほしいと頼んだ。その後、所轄の刑事も行って注意喚起をしている。七年ほど前、萌香さんはその店でミニクーパーを購入し、車検、メンテナンス、何であれ任せていた。丹波が所長になったのは四年前で、萌香さんのことを知っていた。悪質なストーカーがいると話したら、何でも協力しますと請け合ってくれたよ。小野さんは美人だから、そんなこともあるでしょうね、と言ってたな」

萌香が目を伏せた。電話に出たのは丹波所長ですかと尋ねた堀口に、そうだ、と柏原が鼻を鳴らした。

「運が良かった。事務室のデスク前に『十条の小野さんの名前で電話がかかってきた時は、身元を確認のこと』そんなメモを貼っていたそうだが、他の社員が出ていたらどうなったかわからん。女の声が小さく、よく聞き取れなかったんで、何かおかしいと思ったそうだ。折り返し連絡すると答えたが、リカの方が上手《うわて》だった。丹波の声の調子で、疑われてると察したんだろう。うまく芝居してくれと頼んだが、考えてみれば無理な話だ。丹波は役者じゃないからな」

軽口はいいです、と堀口は指でスマホを弾いた。

「それで？」

見いつけた、と嬉しそうに言ったそうだ、と柏原が煙草に火をつける音がした。

「女の声に血が凍りついた、と丹波は話している。どこからか嫌な臭いもしたと……驚きゃしない。相手は化け物だ。何があっても不思議じゃない」

見いつけた、と堀口は繰り返した。

「青木さんに聞きましたが、リカは青木さんの同僚の梅本さんをJR高円寺駅で拉致しています。数十人の乗客が見ている前で梅本さんをさらった、様子のおかしい女がいると誰もが気づいていたが、手を出せなかった、後で警察が乗客に話を聞いたが、怯えて誰も事情聴取に応じなかった、一人の男性の乗客だけが、見いつけた、と女が言ったと証言したそうですが……」

見いつけた、と柏原が〝い〟にアクセントをつけた。

「子供のかくれんぼか？　それとも決め台詞《ぜりふ》かな……リカが早口でまくし立てたこともあって、丹波はすぐに電話を切った。よっぽど怖かったんだろう。その後、繰り返し電話が鳴ったが、丹波は腰が抜けて出られなかった。自分のスマホで110番通報し、駆けつけた警察官が彼を保護した」

「丹波所長は無事なんですか？」

スマホに口を近づけた堀口に、さあ、と柏原が答えた。

「警察官に不審な女の電話について話すと、気を失ったそうだ。すぐ病院に搬送されたが、体温三十九度五分、激しい痙攣《けいれん》、嘔吐を繰り返し、絶対安静と医者は言ってる。高熱の原因は強い精神的なショックで、数日で治るだろうが、運が悪けりゃ菅原警部補のようになるかもしれんとさ……堀口、蘊蓄を披露してやろう。セイレーンを知ってるか？」

「セイレーン？」

ギリシャ神話に登場する海の怪物だ、と柏原が言った。

「美女の上半身と鳥の下半身を持つ化け物で、何よりも声が美しい。航行中の船に歌声を聴かせ、近づいた船を座礁させる。メキシコの伝説にはラ・ジョローナって女が登場する。泣く女と呼ばれているが、自分が殺した子供たちを捜して、泣きながらさまよい歩くそうだ。十七世紀のアイルランドにはバンシーという妖精がいた。人の死を叫び声で予告する。もちろん空想の産物だが、どれも女だ。女の声ってやつは……戸田と話したが、リカは萌香さんの家が東十条近辺だとわかっただろう。どうやって捜すと思う？」

小野さんの名前をリカは知っています、と堀口は答えた。

「珍名とは言えません。学校で言えば学年に一人か二人、そんなところでは？　リカは黄色いミニクーパーが家か近くの月極駐車場に停まっていると考え、表札を調べるでしょう」

表札は付け替えた、と柏原が指を鳴らした。

「とりあえず、鈴木ってことにした。萌香さんは家の庭を駐車場にしていたが、空っぽだと怪しまれるから、足立ナンバーの車を停めた。だが、そんな小細工が通じるとは思えん」

リカなら気づくでしょうね、と堀口はスマホのボリュームを上げた。どうするかな、と柏原が憂鬱そうな声で言った。

「あの女にはセンサーがある。超能力とか、そういう類じゃない。リカは高校で萌香さんと同じクラスで名前も顔も、リカの正体に気づき、逃げたことも覚えている」

「はい」

「その後萌香さんは身を潜め、リカについて誰にも話さなかった。何もしなけりゃ、リカは動かん。だが、潜在的な敵だと意識のどこかで思っていたはずだ。久我山で娘が撥ねられた時、リカは運転者の顔を見た。頭の中にあるデータベースを検索し、萌香さんだとわかった。あらゆる情報を脳内で再構成し、どう動くか予想する。いずれは見つかるだろう」

「ぼくもそう思います」

警察には法律の枷《かせ》がある、と柏原が舌打ちした。

「リカの顔写真をマスコミに公表し、公開捜査に踏み切ったが、怪しいってだけで髪の長い痩せた女に職質をかければ、人権がどうだと大問題になる。その前に、警視庁の機能がパンクするだろうな。どっちへ行っても袋小路で、だから捜査が後手に回る。それじゃリカは逮捕できない」

「わかってます」

「リカが萌香さんを見つけるのが先か、こっちがリカを見つけるのが早いか、そこが決め手になる。戸田に聞いたが、今日の午後一時から二十三区内全域の警戒態勢のレベルを二段階上げるそうだ。主要幹線道路に検問を設け、巡回警察官を二倍に増やし、萌香さんの家がある北区及び隣接する文京区、豊島区、板橋区、荒川区、足立区の防犯カメラを二十四時間態勢でチェックする。北区にはＪＲの駅が十一あり、その他、都電荒川線、東京メトロ南北線、都営地下鉄三田線が走っているが、改札にも警察官を立たせるとさ」

「厳戒態勢ですね」

俺に言わせれば穴だらけだ、と柏原が咳をした。

「戒厳令でも敷かなきゃ、リカは止められん。こっちの武器は萌香さんのおばあさんだけだ。勝てると思うか？」

東京から離れてはどうでしょう、と堀口は声を低くした。

「どこか安全な場所で、小野さんとおばあさんを保護するんです。その間にリカの捜索を進めれば……」

警察には管轄がある、と柏原が呻いた。

「二人が東京にいるから、警視庁が動けるんだ。他の道府県に行けば、どこの警察本部だってリカへの対応は二の次三の次になる。海外に逃げるか？」

難しいでしょうと言った堀口に、このままだと不利だ、と柏原が二度続けて咳をした。

「喉が痛い……いいか、リカについて徹底的に調べろ。一歩遅れたら、それが命取りになる。萌香さんたちが逃げ回っても、いつかは捕まる。それなら、こっちから勝負をかけた方がいい。攻撃は最大の防御なりだ。どう頑張ったって、警察の集中警戒は一週間しか続かない。その後はリカの独壇場で、萌香さんとおばあさんが死んでからじゃ遅い。リカを倒すチャンスは今しかないんだ」

もうすぐ広尾に着きます、と堀口は窓を半分開けた。強い風が吹き込んだ。

「五分もかからないでしょう。青木さんが撮影した写真は見ました。大きな洋館で、バラ屋敷と呼ばれていたそうですが……」

今は空き家だ、と柏原が言った。

「雨宮麗美《れみ》名義だが、彼女は消息不明だ。三十年ほど前、例の新興宗教団体に出家して、連絡が取れなくなった。とはいえ、行政も勝手に家を処分するわけにはいかない。空き家問題はテレビでも特集するほどだが、広尾の雨宮家もそのひとつだ。どこまで調べられるかわからんが……」

また連絡する、と柏原が通話を切った。目の前の信号が赤になった。

2

そう。えらいわね。里佳。

そうよ、ほら、スプーンを持って。ママが作ったシチュー。

ことことことことこと。一日中煮込んで作った美味しいシチューを召し上がれ。

ああ、熱かった？　まだ熱い？　いいのよ、ゆっくり。ゆっくり、ひと口ずつ食べなさい。

気をつけてね。こぼさないで。せっかくきれいなパジャマに着替えたんだから、こぼさないでちょうだい。

汚すぐらいなら食べないで。汚いの大嫌い。知ってるでしょ？

そうそう、上手。スプーンを口に突っ込めば、こぼさないで食べられる。

ああ、よかった。ママ、ほっとした。トイレにも一人で行けるし、もうママの手を煩わせないでね。

一人で何でもできるでしょそうよねママがどうしてあんたのせわをしなきゃいけないのじぶんでやりなさいよじぶんでばか

え？　これ、何？

歯じゃない。歯が抜けたの？　うわ、汚い。

ママに見せないで。止《や》めて、止めてったら

もうママ、あなたの世話をしたくない。子供だからって甘えないで。泣くの止めて。やめて。やめてったらやめてやめやめや

ねえ、お願い。お願いだから、ママを怒らせないで。ママ、大きな声を出したくない。疲れてるの。

ほら、お皿をしっかり両手で持って。持ちなさい。持つの。持つんだよ持ってもってもつのちゃんと

ママはね、出掛けなきゃならないの。どうしてって？　決まってるじゃない。

里佳をこんな目に遭わせた女がいる女がいるからあの女よ女に文句を言わないとママもすごいおこってるあのおんなゆるせないひどいことをしてどうしてすましたかおであん

なおんなばかりうまくやってるどうしてあたしだけとくべつみたいなかおをしてあいつだいキライこんなことをしてどうしてそんなかお
ううん、あの女のことは知ってる。もうずっと昔、ママが高校生だった頃。

友達？　友達なんかじゃない。リカ、友達なんていらない。

リカがほしいのは愛してくれる人。リカが心から愛する運命の人。

あの女はね、最初からリカのことが嫌いだった。どうしてかわかる？

あいつが好きだった同じクラスの男の子が恋したのがママだったから。嫉妬。そう、嫉妬よ。

嫌よね。見苦しい。女の嫉妬って、本当に気持ち悪い。

だって、そうでしょ？　あの男の子がママを好きになったのは、リカが頼んだわけじゃない。

彼が勝手にリカを好きになって恋をして恋をくるしいこいをしていたそんなのむりにきまってるのにだってリカはこどもがきらいであいつはこどもだったこどものくせにこどもはいやリカはおとなのおとこのひとがいいだって
黙って、里佳。黙ってママの話を聞きなさい。

あなたも怒ってるでしょ？　何であんな酷いことをしたのって、言いたいよね？

わかる。ママだってそうする。歩ける？　一人で歩ける？

ママは出掛けるから、お皿を洗っておいて。台所を汚さないで。水をその辺に撥ね散らかさないでね。

トイレも汚くしないで。ママ、不潔な子は大嫌い。

そうね、脱いだ方がいい。全部脱いでお皿を洗って、洗濯も掃除もして。いつも言ってるよね？

どうして足を引きずるの？　みっともない。痛い？　ふざけないで、そんなわけないでしょ。おまえそんなわけないだろそんなわ

3

堀口はブレーキを強く踏んだ。助手席の萌香の顔が真っ青になっていた。

大丈夫ですか、と堀口は細い肩に手をかけた。震えが伝わってきた。

「小野さん！」

肩を揺すったが、萌香は目を見開いたままだ。唇の端から、ひと筋の血が垂れていた。

路肩に車を寄せ、堀口は助手席のシートベルトを外した。萌香の体がずるずると沈み込ん

だ。

「小野さん！」

助手席のシートを倒し、萌香の体を上に引っ張って寝かせた。不意に萌香の右手が上がり、何かを指さした。

堀口はフロントガラス越しに前を見た。広尾川、と青銅のプレートがかかった小さな橋があり、百メートルほど先に大きな洋館が建っていた。

壁をつるバラが覆っている。バラ屋敷、と堀口はつぶやいた。

あの家で、と萌香が囁いた。

「何人も……」

「何があったんです？」

萌香の首筋に、赤い線が浮き上がった。触れてもいないのに、と堀口は息を呑んだ。

首だけではなく、白いブラウスの袖にくっきりと赤い染みが広がっていた。

聖痕、の二文字が頭を過った。キリスト教信者の手足、そして脇腹などに、磔《はりつけ》になったイエス・キリストと同じ傷ができる現象だ。

ほとんどは自傷によるものだが、ローマ・カトリック教会が奇跡を認定した者もいる。

萌香の傷は聖痕ではない。だが、理由もなくこんなことは起きない。精神的なショックが体に現れたのだろう。

ドリンクホルダーのペットボトルを萌香の唇に当てた。ほとんどがこぼれ、首回りを濡らしただけだが、ゆっくりと萌香が手を下ろした。

大丈夫ですか、と声をかけると、起こしてください、と萌香が低い声で言った。シートを元に戻すと、萌香が曇った窓に指を当て、アリサカ、と文字を書いた。

「アリサカ？　名前ですか？　それとも地名？」

文字がかすれ、消えた。女性です、と萌香が目を閉じた。

「七十歳……もっと上かもしれません。顎が張っていて、眼鏡をかけていました。ごわごわした髪の毛を輪ゴムで後ろでまとめ……黒いマオカラーのスーツ、首に白い布を巻いて……」

あの家で、と堀口は洋館に目を向けた。

「何人も、と言ってましたね？　どういう意味です？」

わかりません、と萌香が首を振った。

「急に頭が痛んで……耐えられないほどの痛みです。何かを見た気もしますけど、ぼんやりとしか覚えてません」

「アリサカという女性を見たんですか？」

いえ、と萌香が言った。

「聞こえたんです。アリサカ、と呼ぶ声が……」

アリサカ。七十代の女性。マオカラーのスーツ。首に巻いた白い布。

心当たりがあった。堀口はスマホを操作し、画像検索を始めた。四十代の女性の写真が画面に出てきた。

「この人ですか？」

スマホを覗き込んだ萌香が顔を強ばらせ、小さくうなずいた。

「誰なんです？」

有坂達子《たつこ》、と堀口は名前を言った。

「二十数年前、地下鉄で毒ガスを撒いた宇宙真理教テロ事件を覚えてますか？　テロを命じた教祖や教団幹部は殺人、傷害、誘拐、強盗、数え切れないほどの容疑で逮捕され、十三人に死刑判決が出ています。宇宙真理教は事件の二年後に解散しましたが、宗教法人解散命令はほとんど実効がありません。教祖たちが逮捕された時、代表代行に就任したのが有坂達子です」

「どうして詳しく知ってるんですか？」

解散後、宇宙真理教は三つに分かれました、と堀口は言った。

「そのひとつが有坂率いる合一連合協会で、両親とぼくもその信者でした。実態は霊感商法と献金強要がメインの犯罪集団ですけどね」

「堀口さんは宗教二世なんですか？」

脱会しました、と堀口は苦笑した。

「有坂達子は合一連合協会の日本支部長でしたが、四、五年前に献金返還の民事訴訟を起こされ、辞任しています。今は顧問だったかな？　本間事件を調査していた原田《はらだ》という私立探偵によると、有坂が広尾の雨宮家に出入りして、莫大な献金をだまし取ったと噂が流れていたそうです。合一連合教会の本部は南青山に置かれていましたが、広尾は目と鼻の先です」

「リカの母親と姉が出家したのは、有坂が命じたからですか？」

そうかもしれません、と堀口はうなずいた。

「小野さんは有坂の名前や顔を知らないでしょう？　テロ事件に直接関与していなかったので、逮捕もされていません。マスコミも彼女の写真は出していないはずです。でも、あなたは彼女の姿を見た。雨宮家に近づいたことで、深層心理が目覚めたんでしょう」

あの家には何か秘密があります、と堀口は肩をすくめた。

「有坂はそれに関係していた……柏原さんと話します。有坂の詳しい資料があるかもしれません」

堀口はスマホを指でスワイプした。萌香が顔を両手で覆い、小さく息を吐いた。

4

探偵さんは落ち着かん人じゃね、と宇都子が笑った。当たり前でしょう、と柏原は吸っていた煙草を灰皿に押し付けた。

「リカが過去にどれだけの人を殺したか知ってますか？　約二百人、おそらくはもっと多いはずで、前代未聞の大量殺人鬼ですよ。怖くないんですか？　狙われているのはあなたと孫娘で、いつ襲ってくるかわからないのに落ち着いていられるほど、俺はタフじゃありませんよ」

　今やないでね、と宇都子が笑みを濃くした。

「あれは頭がええ。信じられんほどにね。ほいじゃで、何の計算もせんで乗り込んではこん。おばあと萌が離れちょるんは、あれにとって都合が悪い。一緒に殺さんと、後が面倒になるでね」

「だから、萌香さんを堀口と行かせた？」

　それもある、と宇都子がうなずいた。

「おばあはね、あれがそんなに怖くない。もうええ歳じゃで、いつお迎えが来てもおかしゅうないんじゃ。年寄りが先に逝くんは、普通じゃろ？　ほいでも、萌のことは心配よ。おばあがいなくなりゃあ、萌が矢面に立たんとならん。あれと戦って勝てる力はまだないでね……探偵さん、あんたもそうじゃないかね？」

「どういう意味です？」

あんたは死にたがっちょる、と宇都子が眉をひそめた。

「何があったんか知らんが、あんたは罪深いことをした。長い間、それを悔やんじょる。生きて苦しむより、いっそ死にたいと思ったこともあるじゃろ。ほいじゃけど、なかなかそうもいかんで、ずるずる生きちょる。辛いじゃろう。でもな、それが探偵さんの業よ。誰かて、業には従うしかない……片がついたら、お医者さんに診てもらえ、まだ間に合うでな」

何を言ってる、と柏原は煙草をくわえた。あんたは寂しいんじゃ、と宇都子がライターで火をつけた。視力がないとは思えないほど、動きは正確だった。

「家族もおらん。友達もおらん。信じられる者もおらん。泣くこともできん。自分で自分を責め、追い詰めちょる。青木さんも堀口さんも、仕事だけの付き合いやて言うとったな。ほんまはあの二人を信じちょるのに、それが言えんからいつでも一人ぼっちじゃ」

ユタにテレパシーの能力があるとは知らなかった、と苦笑した柏原に、年寄りの知恵じゃ、と宇都子がうなずいた。

「おばあは目が見えん。ほいじゃけど、ようしたもんで人の心は見える。誰ともかかわりたくないと口では言うが、あんたは青木さんを殺され、あれに復讐すると誓った。じゃが、今は怯えちょる。堀口さんまで失ったら、あんたには誰もおらん。それが死ぬより怖い。おばあも同じよ。萌がおらんくなったらと考えただけで、胸が潰れそうになる」

どうします、と柏原はテーブルを指で叩いた。

「逃げてはどうか、と堀口が言っていました。俺の親類が福井にいます。あなたと萌香さん、堀口を連れて、そこへ行ってもいい。それとも、沖縄に帰りますか？　三人ぐらい、俺が養いますよ」

おばあたちは逃げ切れても、と宇都子が言った。

「萌はそうもいかん。あれが生きちょる限り、枕を高《たこ》うして眠れん。一度首を突っ込んだら、あれからは逃げられん。禍根を断たんと、先はないでよ」

逃げたところで安住の地はないか、と柏原は咳払いをした。

「後悔してます。世の中には、かかわっちゃいけないものがある……知らん顔をしていれば良かった」

それでええ者もおる、と宇都子が湯飲みを手元に引き寄せた。

「見なかったことにする、知らなかったふりをする。前はおばあもそうしちょった。じゃが、もう見て見ぬふりはできん。損じゃとわかっちょるが、あれと戦うしかない。探偵さんもそう思っとるじゃろ?」

今からでも逃げたい、と柏原は口に手を当て、大きく咳をした。

「くそ、喉がいがらっぽい……今になって何を言っても、手遅れでしょうね。宇都子さん、リカの動きはわかりますか?」

「近づいちょるんは確かよ。そんなに遠くはない……あれは様子を窺《うかが》っておるんじゃ。一日、二日はこのままかもしれんが、あれが来る前に何とかせにゃならんね。厄介なんは、あれが増えちょることよ」

「娘のことですか? だが、萌香さんが車で轢いたんです。骨折してるのは間違いありません。簡単に治る怪我じゃないでしょう」

娘やない、と宇都子が首を振った。

「あれ一人だけでも面倒なのに、もう一人おったら始末に負えん……あれは娘と一緒にどこかで隠れちょる。場所さえわかりゃあ、後はどうにでもなるんじゃがね。おばあの好きなホームズさんは、ちいっとした手掛かりで犯人を見つけよる。あんたも探偵さんじゃったら、推理してみんか?」

ここは十九世紀のロンドンじゃない、と柏原は部屋を指さした。

「二十一世紀の東京です。警視庁が総力を挙げてリカの所在を追っています。私立探偵の出る幕はありません」

人間のありようは変わらん、と宇都子が言った。

「よう考えてみんさい。警察やのうて、あんたの目で見るんじゃ。何かわかるかもしれんし、わからんくても損はない。そうじゃろ？」

スマホの着信音が鳴った。堀口、と画面に表示があった。

5

〈ＴＶＪＡＰＡＮニュースオンライン〉
地震情報：本日13時07分ごろ、地震がありました　東京都北区
最新ニュース『自動車販売店に強盗か　東京都北区（午後０：26）』
東京都北区十条の自動車販売店に午後０時頃強盗が入り、警察は強盗殺人事件とみて捜査している。
午後０時10分過ぎ、十条の住人から「自動車販売店で人が倒れている」と通報が入った。

十条西署の警察官が駆けつけると、同店従業員2名、来店客の男女1名ずつの死体が見つかった。

防犯カメラを確認したところ、午後0時2分、コートを着た性別不詳の人物が店内に入り、持っていたナイフで従業員と来店していた夫婦を刺し、出てきた自動車修理工に切りつけ、事務室に押し入ったのがわかった。

犯人は金庫の現金と書類ケースを奪って逃走、午後1時過ぎ、4人の死亡が搬送先の病院で確認された。

犯人は身長170センチ前後、痩せ型、ニット帽をかぶり、顔に大きなマスクをつけていた。警察は防犯カメラ映像を公開、犯人の行方を追うのと同時に、情報提供を呼びかけている。

犯人の動きが素早く、ためらう様子がなかったため、警察は自動車販売店もしくは自動車会社との間に何らかのトラブルがあり、反社会的勢力が関係している可能性を踏まえて捜査するとしている。

6

ごめんね、里佳。ママ、また出掛けなきゃならないの。

ううん、すぐ帰ってくる。家に寄るだけだから。取ってくるものがあるの。

おとなしく待っててね。いい子だから。寝ていてもいいから。

いいってば、大丈夫。まだ足が痛いでしょ？　ここでバイバイしよう。

ああ、ママの可愛い里佳。いい子ね。こら、甘えないの。もう大人なんだから。

すぐだから。すぐ帰るから。眠らないで待ってる？　ありがとう、里佳は優しい子ね。

わかった。じゃあ、玄関まで。歩ける？　わあ、すごい。ちゃんと歩けるんだね。

本当に里佳はいい子。怪我もすぐ治っちゃう。うん、ここでいいから。

ベッドに戻って、明かりを消して。いい夢を見なさい。じゃ、行ってくるね。

7

防犯カメラの性能が悪い、とビデオ通話画面で戸田が呻いた。

「ニュースは見たな？　犯人が映っていたが、帽子とマスクで人相は不明だ。画像補正をかけたが、元の映像が悪いからどうにもならなかった」

体型はわかる、と立てかけたスマホの前で柏原が腕を組んだ。

「気味が悪いほど痩せている……間違いなく、こいつはリカだ。ＭＩＮＩ東十条店には、今朝リカから電話があっただろう？　警察は何をしていたんだ？」

　マスコミみたいなことを言うな、と戸田がぼやいた。

「電話の件は報告があった。脅迫事件として、所轄が捜査をしている。電話をかけたのはリカだろう。だが、店に押し入ったわけじゃない。所轄の刑事が店へ行き、所長を保護し、従業員に事情を聞いたが、二時間ほどで引き上げた。リカが店を襲ったのはその直後で、常識で考えたらあり得ない話だ。警戒が緩いと非難される覚えはない」

　あれは頭がええです、と隣にいた宇都子が口を開いた。

「まさか、と誰でも思いますな。今まであれがしたことは、孫から聞いちょります。あれだけ無茶をしても捕まらんのは、隙をつくのがうまいからで、予想できなかったんはしゃあないでしょう」

　犯人はリカだと公表しないのかと尋ねた柏原に、できるわけがない、と戸田が顔をしかめた。

「あの防犯カメラ映像だけじゃ、断定はできない。下手に公表したら、東京中がパニックになる。背の高い痩せた女が歩いているだけで、１１０番通報が殺到するだろう。リンチに遭ってもおかしくない……参ったよ」

「堀口からの問い合わせに回答したのか？　青木より警視庁の方が詳しいだろ？」

有坂達子か、と戸田が手を伸ばし、分厚いファイルをスマホのカメラに向けた。

「毒ガステロ事件の前から、宇宙真理教は公安の監視下にあった。解散しようが分派しようが、それは変わらない。合一連合協会、アンセル、山幽界、対象はいわゆる後継三派だ」

「それで?」

報告書によれば、と戸田がファイルを開いた。

「宇宙真理教の教祖の息子が中心となったアンセル、妻が運営する山幽界はともかく、有坂の合一連合協会は酷い。身内の不幸を先祖の呪いのためと脅し、霊感商法で多額の献金を強制する。宇宙真理教は妄想でおかしくなった過激な信者たちが暴走した。頭の悪いやり口だが、合一連合協会の狙いは金だ。宗教の名を騙《かた》った詐欺集団だな」

「なぜ政府は宗教法人の認可を出したんだ?」

知らんよ、と戸田が口を尖らせた。

「民自党に選挙で協力したとか、是枝《これえだ》前幹事長がハニートラップに引っ掛かったとか、いろんな噂がある。宗教法人認可は文部科学大臣の管轄で、警察庁は関係ない。四年前、詐欺容疑で有坂達子に逮捕状が出る寸前までいったが、当時の中川《なかがわ》警察庁長官がストップをかけた。それは知ってるだろ?」

「どんな弱みを握られたんだ?」

隠れ信者と噂されたが、何とも言えない、と戸田が手を振った。

「二十七、八年前、有坂は雨宮家に出入りしていた。それは確認済みだ。当時は宇宙真理教の準聖大使、会社で言えば部長クラスだった。彼女は東京大学文学部を首席で卒業、総合商社イトハンに入社、語学力を買われてロサンゼルス支店勤務。英語、ロシア語、中国語、スペイン語に堪能だった」

「ご立派な経歴だ」

宇宙真理教とは大学時代から繋がっていたらしい、と戸田が言った。

「二十七歳で退社、その後宇宙真理教で海外布教を担当し、ロシア支部は彼女が作った。テロ事件が起きた時はモスクワにいて、テロ計画を知らなかったと供述している。雨宮麗美と親しくなったのは榊原典子《さかきばらのりこ》という信者の紹介のようだが、その女は十年前に病死した」

「詳しい事情は不明か……有坂は今どこに住んでる？」

南青山だ、と戸田が答えた。

「四年前の詐欺事件で、中川警察庁長官が刑事告訴をもみ消したが、献金返金の賠償請求訴訟は民事だから、警察庁長官でもどうにもならなかった。支部長の有坂が責任を取る形で退き、今は顧問だ。ただ、それなりに発言力はあるらしい」

「なぜだ？」

家族の死、子供の病気、と戸田が指を折った。

「そういった弱みにつけこむのは合一連合協会の常套手段だが、有坂は人に取り入るのが巧《うま》かった。学校の先生のような顔だから信用されたって話もあるが、どうやって騙していたのか、と脱会した元信者も不思議がっていたよ。有坂に目をつけられた者は操り人形と化し、尋常ではない額を献金する。家や不動産を売り払った者も少なくない。生まれながらの詐欺師なんだろう」

「雨宮麗美は夫を亡くしている。有坂はそこにつけこんだのか……麗美はリカの姉を連れて出家したようだが、有坂が誘ったのか？」

それなんだが、と戸田が声を潜めた。

「宇宙真理教テロ事件の際、警察は有坂に事情聴取をした。彼女が集めた献金額は突出して多く、それが活動資金になっていたから、突っ込んだ質問ができた。逮捕されてもおかしくない状況で、有坂は身の安全と引き換えに、洗いざらい教団の内部事情を話した。あの女は誰の出家にも手を貸していない」

「雨宮麗美は例外ってことか？」

有坂の証言によれば、と戸田がファイルを読み上げた。

「……出家を申し出る信者は多かったが、すべて断った。出家信者は全財産を教団に寄付するが、その後は一円も入らない。長期的に見ればマイナスなので、自分の信者は出家させなかった……計算高いのか、頭が切れ過ぎるのか、そこはわからんが、合理的な考えだよ。一般信者への聞き取り調査でも、有坂の誘いで出家した者はいなかった」

　雨宮麗美が出家した証拠はない、と戸田が先を続けた。

「母と姉は宇宙真理教に出家したと話しているのはリカだけで、親戚や知人は麗美が教団に傾倒していたのを知っていたから、リカの言葉をそのまま信じた。中学生だったリカに話を聞いた警察官も同じだ。悪名高い宇宙真理教と美少女の女子中学生、どっちを信じる？」

「麗美は出家していないのか？」

　可能性はある、と戸田が声を低くした。

「だが、雨宮麗美は消息不明だ。今日まで、姿を見た者はいない。リカの姉もそうだ。教団内で暮らしていると我々は考えていたが、出家していないとすれば麗美とリカの姉はどこに消えたんだ？」

　あれが殺《あや》めたんじゃ、と宇都子が仏頂面になった。

「何でかはわかりゃせんけど、あれに理由を求めちゃいかんよ。気に食わんことをすりゃあ、あれは親でも平気で殺しよる」

　堀口の話だと、と柏原が戸田を見つめた。

「広尾の雨宮家の近くで、萌香さんが幻覚を見たようだ。感じた、と言うべきかもしれない。実際に何かを見たんじゃなくて、三十年ほど前にあの家で何があったのか、イメージが浮かんだらしい」

萌香さんの首や腕に、ナイフで切ったような赤い線が浮かんだ、と柏原が自分の首筋に手を当てた。

「堀口がそう言ってる。俺はオカルトなんか信じないが、今回ばかりはな……有坂は南青山に住んでるのか？　七十歳ぐらいだろう？　年金生活者か？」

高級マンションで一人暮らしだ、と戸田が顔をしかめた。

「顧問は無給職で、収入源は不明……ただ、有坂は教団内に直系のグループを作っていたらしい。有坂派と呼ばれる約三十人が経済的な援助をしているようだ。そうじゃなきゃ、南青山の高級マンションには住めない。献金と言われたら、税務署も手は出せん」

ふざけた話だと吐き捨てた柏原に、有坂派は月に一、二度集会を開いている、と戸田が腕組みをした。

「詳しいことはわからないが、集まって宇宙真理教の教義でも唱えているんだろう。だが、公民館の集会室、レンタル会議室、そういった場所を借りた痕跡はない。どこで集会を開いているのか……」

「有坂のことは堀口に伝えておく。日暮れまでに戻れと言ってある。リカが自動車販売店を襲ったのは――」

顧客名簿を奪うためだ、と戸田がうなずいた。

「そこに小野さんの住所が載っている。表札を変えたって、リカは見破るだろう。応援を要請して警備を固める。二人が戻ったら、リカを逮捕するまで外に出すな。時間を稼ぎ、その間にリカを見つける」

何も言わず、宇都子が鼻に皺を寄せた。無理じゃ、と顔に書いてあった。

8

濃いハーブの香りが地下室に溢れている。正面の壇に立った有坂の前で、三十人の男女が額を床につけた。

祝福を、と有坂は右手に持っていたグラスを掲げた。ありがとうございます、とむせび泣く声が重なった。

顔を上げなさい、と有坂は命じた。十代から六十代まで、十人の男、二十人の女が微笑んだ。

身につけているのは聖衣と呼ぶ布切れだけだ。下着もつけていない。

合図をすると、左右の端にいた若い男と中年の女が立ち上がり、有坂が渡したワインの瓶から全員のグラスに濃いハーブの香りがする液体を注ぎ入れた。壇の脇にある大きな段ボール箱が小さく揺れた。

聖茶はアンチクライストの聖なる血、と有坂は大声で言った。

「我こそはお前たちの主《あるじ》。我を信じる者には繁栄が訪れる」

有坂は段ボール箱から子猫を取り出し、その首に嚙み付いた。鋭い猫の声が途切れ、有坂は傷から垂れた血を加えたグラスの液体を飲んだ。

祝福を、と和した全員がグラスに口をつけた。誰の顔にも、恍惚の表情が浮かんでいた。

「我に従えば、真の幸福が待っている」

有坂は聖衣を脱ぎ捨てた。乾き、たるんだ皮膚、垂れ下がった乳房が露《あらわ》になった。

「我を信じるか？」

全員が立ち上がり、裸になった。誰の目も欲情で濡れていた。

「我に従え」

三十人が列を作った先頭の男が差し出したグラスに、有坂は聖茶を注いだ。有坂の足に唇を当てた男が、一気に聖茶を飲み干した。

なずいた。

男の肩を摑《つか》み、脇にのけた女が涙を拭い、有坂の足に口づけした。よろしい、と有坂はう
聖茶はハーブティーとワイン、そして麦角《ばっかく》アルカロイドの混合液だ。その正体はLSDで、神話時代から宗教儀式に用いられていた。麦角アルカロイドの存在は、紀元前七世紀頃から文献に記録が残っている。

イトハン商事のロサンゼルス支店で働いていた頃、取引先の製薬会社に麻薬常用者の社員がいた。その男は南カリフォルニア大学の薬学部を優秀な成績で卒業し、化学合成によってLSDを密造していた。

男女の関係になり、セックスの際は常にLSDを使った。LSDの製造法を盗み見るのは簡単で、イトハンを退社後に帰国すると、宇宙真理教で科学省の責任者を務めていた石倉《いしくら》にそれを伝えた。

大学在籍時から、有坂は宇宙真理教の熱心な信者だった。最終的に、石倉は百十五キロのLSD製造に成功したが、有坂はそれを使って信者を麻薬漬けにした。

LSDには幻覚作用と催眠作用があり、継続して飲ませると、意志や判断力がなくなり、誰もが意のままになった。全財産を教団に寄付する者もいたが、献金ではなく麻薬中毒患者がLSD欲しさに金を払ったという方が正しい。

テロ事件が起きる前に、石倉はマスコミの取材中に刺殺され、ＬＳＤ製造法を知るのは有坂だけになった。合一連合協会に移っても、ＬＳＤを勧誘、献金の手段として使い続けた。ＬＳＤによる洗脳には、誰もが膝を屈した。中川元警察庁長官に聖茶を飲ませると、あっと言う間に有坂の言いなりになった。

四年前、合一連合協会の支部長を退くまでに、有坂は聖茶と乱交の宴を主催し、有坂派と呼ばれるグループを作った。

最初は数人だったが、三十人に増やしたのは金のためだ。聖茶とセックスの快感に、誰もが争うように有坂に従った。

「我を崇めよ！」

有坂は段ボール箱の猫を摑み出し、その首をナイフで刎《は》ねた。真っ赤な血が壁に飛び散ると、その臭いが興奮を煽り、異様な叫び声が地下室にこだました。

乱交が始まった。淫らな宴を目の当たりにして、有坂の口から大量の涎《よだれ》が溢れた。

次々に、有坂は猫にナイフを突き立てた。血の臭い、ハーブの臭い、精液の臭いが混じり、噎《む》せるほどだったが、誰もが歓喜の叫びを上げた。

これはアンチクライストの血、と有坂が猫を投げると、後ろ足を摑んだ年配の女が左右に強く引っ張った。つんざくような悲鳴と共に、猫の体が真っ二つになった。

猫の血が男、そして女の体を染めた。獣のような雄叫びが長く続いた。

「リカの家で何をしてるの？」

地下室のドアが開き、背の高い痩せた女が姿を現した。有坂の他に、気づいた者はいなかった。

何をしてるの、と女がもう一度言った。有坂はその顔を見つめた。頭の片隅にあった記憶が蘇った。

あの娘だ。雨宮リカ。なぜ、ここにいるのか。

女が目の前にいた男の喉にメスを当て、一気に切り裂くと、男の体が崩れ落ちた。

嬌声を上げた若い女が、そのまま前のめりに倒れた。メスが目に突き刺さっていた。

悲鳴と怒号が地下室を埋め尽くしたが、ＬＳＤのために朦朧《もうろう》としていた者たちの動きは鈍かった。女の姿を幻と思ったのかもしれない。

集まっていた者たちの首や腹を女がメスで抉ると、血と内臓が床を埋めた。最後に残ったのは有坂だった。

「なぜ我らの聖なる宴を邪魔する？」

ここはリカの家よ、と女が言った。

「勝手に人の家に入るなんて、そっちこそ何を考えてるの？」

雨宮家の地下室を使うようになって、二年が経つ。三十人を一堂に集め、淫らな儀式を行なうには広い場所が必要だった。

秘密を守るためには閉ざされた部屋でなければならない。その条件に当てはまったのが広尾の雨宮家だった。

ＬＳＤによる洗脳で自らを失った雨宮麗美に莫大な献金をさせ、家の合鍵を作り、いつでも入れるようにしたが、いつの間にか麗美は姿を消し、広尾の雨宮家は幽霊屋敷と噂されるようになった。誰も近づかないから、集会には打ってつけだ。

有坂は目を左右に走らせた。三十人の男女が折り重なるように倒れていた。床も壁も血だらけだった。

自分を見てよ、と女が呆れたように言った。

「いい歳して裸になって、馬鹿じゃないの？　さあ、リカに説明して。リカの家でこんなことをして、どういうつもりなの？」

ここは空き家だ、と有坂は叫んだ。

「何十年も前から、ここには誰も住んでいない。お前の母親も父親もいない。サバトに使って何が悪い？　この人殺しの悪魔め、すぐに立ち去れ！」

女が手を動かすと、有坂の鼻が床に落ちた。

「何てことを……わたしの鼻……」

女がメスをふるうと、耳が飛んでいった。止めて、と有坂は跪《ひざまず》いた。年老いた自分はこの女に勝てない。

「お願い、もう止めて。許してちょうだい、今なら、何もなかったことにできる。あなたのことは誰にも言わない。お願い、お願いです、殺さないで！」

リカはそんなことをしない、と女が有坂の顔を覗き込んだ。真っ黒な目に光はなかった。

「リカは人殺しじゃない。そんな罪深いことはしない。有坂のおばさまも知ってるでしょ？」

有坂は血まみれの手を合わせ、頭を垂れた。この女は覚えている。あの時のことを忘れていない。

誰にも言いません、と声を震わせた有坂の右手を女が摑み、甲にメスを突き立てた。激痛で悲鳴が喉から迸った。

あなたがリカに何を飲ませたか、と女が歌うように言った。

「リカは知ってる。何でもリカは知ってるの。リカにはわかってる。あの時は何もできなかったおまえおまえおまえおまえのせいだおまえがおまえおまえおまえ」

女の声が続き、引き抜いたメスで有坂の親指を切り落とした。絶叫した有坂に、静かにして、と女が囁き、右手の指をすべて切断した。

「リカはね、悲しかった。ママは有坂のおばさまの言いなり。馬鹿じゃないのって思った。どうして騙されてるのがわかんないのって。でもしかたないよねだってままはばかだからそうあれはばかなおんなでリカはだいきらいだったあんなのままじゃないしねばいいのにしねばいいしねば」

「許して、おねが――」

女がメスを有坂の口に突っ込み、肉を耳まで裂いた。

「許す？　有坂のおばさまを？　本気でそう思ってるならおまえはままよりあたまがわるいほんとうのばかだおまえがわるいおまえがなにをしたかリカはぜんぶしってるぜんぶぜんぶぜんぶ」

口の中に鉄の味が広がった。有坂は泣きながら床に額をこすりつけた。

「すみませんでしたすみませんでしたごめんなさいゆるしてくださいおねがいゆるしてゆるして」

動かないで、と女が囁いた。

「動くと、舌がなくなっちゃう。そうしたら、もう許してくださいなんて言えなくなるよ？　助けてほしい？　ねえ、助けてほしいの？」

命だけは、と有坂は涙を溢れさせた。

「お願いですお願いお願いお願いおねがいおねがいおねがい」

いいよ、と女がメスを引き抜いた。

「だって、リカは優しいから。心がきれいな女の子は誰かを恨んだりしない。リカ、許してあげる。よかったね」

ありがとうございます、と叫んだ有坂の両膝を女が上から踏み付けた。骨が折れる鋭い音が地下室に響いた。

「でも、悪いことをしたんだから、罰は受けないとね。これで全部終わり。リカ優しいでしょ？　ほら、階段はドアの向こう。たった十二段しかない。外に出れば、誰かが助けてくれる。じゃあね、リカ、行かないと」

バイバイ、と手を振った女が地下室から出て行った。有坂は指のない右手に目をやった。

膝の骨が折れ、肉を割っていた。歩くことはできない。十二段、と有坂は絶望の呻きを漏らした。

scream 6

夜間受付

1

夜六時過ぎ、堀口は萌香と十条に戻った。ヘルメットをかぶった中年男が家の近くの電柱の下で電線の張りをチェックしていたが、作業員を装った刑事だとすぐわかった。

下手な変装です、と堀口がつぶやくと、萌香が苦笑を堪えた。あれなら制服警察官を立たせた方が威力警護になると堀口は思ったが、それは言っても始まらないだろう。

インターフォンを押すと、すぐドアが開いた。中へ、と玄関で立っていた刑事が囁いた。

戻ったか、とリビングのテーブルに座っていた柏原がほっとしたようにため息をついた。向かいに宇都子、柏原の隣に戸田が座っていた。

十二畳ほどのリビングの手前に二人の刑事が立ち、油断なく玄関ドアに目を光らせている。誰であれ、家には入れない。

「いつ来たんですか?」

堀口は柏原の横にあった丸椅子に腰掛けた。三十分ほど前だ、と戸田が腕時計に目をやった。

「小野さん、座ってください。前に一度お会いしています。警視庁の戸田です」

萌香が宇都子の隣に腰を下ろした。おばあさんが落ち着いているので助かります、と戸田が笑みを浮かべた。

「簡単に状況を説明します。堀口くんも聞いてくれ……警視庁は月島の警察官殺しの犯人を雨宮リカと断定した。本来、殺人事件の捜査本部は最寄りの警察署に設置されるが、今回はそうもいかない。警察庁、国家公安委員会もかかわっているんだ。他の事件も含め、捜査本部を桜田門の警視庁本庁に置くことになった。本部長は私で、主体となるのは捜査一課三係と四係。異例だが、一課長や各係長を挟むと統制が取れない。約五十人の刑事が私の直属となる」

張り切ってるな、とからかうように言った柏原に、上の命令なんだ、と戸田が腕を組んだ。

「リカ絡みの事件が過去に何件あるのか、警視庁も正確に把握できていない。例えば青美看護専門学校火災だが、当時捜査に当たった所轄署の報告によると、戴帽式において学生が持っていたローソクの火がカーテンに燃え移ったために起きた火災、とされている。リカの関与どころか、リカも百二十四人の犠牲者の一人と考えられていたんだ」

知ってる、と柏原がうなずいた。

「中野の花山病院における医師、看護師その他の不審死についても、事故死または勤務していた医師による犯行として処理された。そうだな？」

それ以前の事件については殺人の証拠さえない、と戸田が言った。リカが殺《や》ったんだ、と柏原が唇を突き出した。

「萌香さんによれば、リカを養女にした升元家の家族が全員死んだのも、あるいは高校の教師や同級生の死もリカの仕業だ。それはお前もわかってるだろ？」

情況証拠しかない、と戸田が肩をすくめた。

「確実なのは本間隆雄のストーキング事件だが、指名手配されたリカは約十年間消息を絶った。生きているのか、死んだのかもわからないまま、捜査はストップしていた。コールドケース捜査班が継続捜査を担当したが、手掛かりひとつ出てこなかった。それじゃ話にならない」

二年半前に敬馬山で本間の死体が発見され、再捜査が始まった、と戸田が話を続けた。

「だが、リカは一課の奥山を殺し、菅原さんの心を壊した。青木が十二発の銃弾を撃ち込み、それで終わったはずだった。だが、奴は生きていて、どうやったのかわからんが病院から逃亡、関西方面に潜伏していたようだ。しかし、今、リカが都内にいるのは確かで、七十二時間以内の逮捕を命じられている。何人の捜査官が犠牲になったか……身内の仇《かたき》を取るのは絶対の義務だ」

警察庁キャリア様が仇討ちを口にしていいのかと言った柏原に、軽口は止めろ、と戸田がテーブルを叩いた。

「リカを逮捕するため、久我山に向かった井島たちは返り討ちに遭った。警視庁もぼんやりしていたわけじゃない。リカに関するデータの収集、分析を続けていた。青木を救うために娘を轢いた小野さんをリカは許さない。復讐のため、必ず襲ってくる。小野さんを護る者も殺すだろう」

しばらく沈黙が続いた。我々の目的はシンプルだ、と戸田が指を二本立てた。

「小野さんとおばあさんを守り、リカを逮捕する。だが、口で言うほど簡単じゃない。久我山でも人員を揃え、厳戒態勢を敷いたが、裏を掻かれて犠牲者が増えただけだ。リカに常識は通用しない。何をするかわからない女だ。刑事部をはじめ関係部署と検討したが、リカの捜索に人数を割くと、かえって隙ができる。家周辺の警護を固めて小野さんとおばあさんを守り、周辺を警戒してリカの発見、逮捕に当たる……それが我々の結論だ」

警視庁も堕ちたもんだ、と柏原が口に手を当てて咳をした。

「うまく口実を作ったつもりだろうが、一般市民を餌にして犯人を逮捕するってことだ。二人に何かあったら、責任を取れるのか？」

他にどうしろって言うんだ、と戸田が萌香に目を向けた。

「小野さん、ご協力をお願いします。おばあさんは了解しています」

萌香の視線に、宇都子がうなずいた。この家の警備ですが、と戸田が玄関を指さした。

「出入り口は二カ所、玄関と庭に面した一階の窓です。家の前の狭い道に二人、玄関に一人、庭に二人、そして二階に四人を配置。リビングには三人が常駐し、あなたたちを守ります。全員が拳銃を携行、警告なしの発砲を許可しました。建前として足を撃て、肩を狙えとなっていますが、実際にはリカの射殺を命じています」

射殺、と萌香が唾を飲む音がした。リカがどれだけ危険か、と堀口は口を開いた。

「青木さんは誰よりもよく理解していました。常に防刃コートを着用し、車を改造して襲撃に備えていたんです。久我山で指揮を執っていた井島警部補はリカの殺害も止むなしと考えてましたが、それでもあんなことに……どれだけ警備を固めても、リカは二人を殺すでしょう。それどころか、ここにいる全員が殺されますよ」

もうひとつ手がある、と戸田が深く息を吸い込んだ。

「警視庁、警察庁は共に非常事態だと認識している。非常時には非常識な命令を出さなきゃならない」

「非常識な命令?」

おばあさん、と戸田が宇都子に頭を下げた。

「力を貸してください」

何のことじゃろうかの、と宇都子が首を傾げた。

2

え? ママが楽しそうって?

そうよ、里佳。ママはね、楽しいの。大キライな女に言ってやったの。あんたみたいな女、死ねばいいのにって。

そうね、汚い言葉ね。里佳は耳を塞いで。里佳みたいな可愛い子に、こんな汚い言葉を聞かせたくないもの。

でも、聞いて。長い長い間、リカはあの女を許せなかったゆるしていなかったずっとおこっていたあいつしんじられないほどばかだったのいいきにならないでリカおまえをゆ

るさないずっといつまでもずっとずっとずっとずっと
里佳、歩いてみなさい。ママの前で歩いてみなさい。

痛い？　足が痛い？　知らない。ママ、お医者さんじゃないもの。

痛くないでしょ？　痛くないよね？

ママ、怒るよ。痛いなんて、口が裂けても言わないで。

ママ、そんなの許さない。ほんとうにおこるよままがおこってもいいの
だってね、ママは忙しいの。知ってるでしょ？

ママにはやることがたくさんあって、でも一人じゃ無理。里佳は手伝ってくれるよね？

わかった？

里佳も怒ってるはず。あの女の顔、覚えてる？

澄ました顔して、あたしは何にも悪くありませんって、ずっとリカのこと馬鹿にしてた。

お前こそ馬鹿だって、リカは怒ってた。あんな頭の悪い男の子を好きになるなんて、どうかしてる。

笑っちゃうよね。あいつ、今もあの男の子のことを忘れていないんだよ。

だから、不幸になった。何もうまくいかなかった。ざまあみろ。お前なんかざまあみろだ。

悲劇のヒロインのつもり？　ふざけないで、あんたなんか虫けらと変わらない。

じっと隅っこで座っていればいいのに。おとなしくしていれば、リカだって余計なことはしない。

手間がかかるだけ。あんたの相手なんかする暇はないの。

何度言ったらわかるの？　ねえ、何回言えばいいの？

お前には何の力もない。弱い弱い女、それがおまえだおまえおまえ
静かにしていれば、リカも黙ってた。でも、リカの大事な、大切な、愛らしい天使を傷つけた。許せるわけないでしょ。

だからね、ママはあの女に文句を言うつもり。言わないとわかんないのよ、ああいう女は。

里佳も一緒に来なさい。子供だから、何にも言わないなんて間違ってる。

はっきり言わないと言いましょう何であんなことをしたのかってなんであんなひどいことをしたのぜったいゆるせないゆるせない
ほおら、里佳、ちゃんと歩けるじゃない。そうよ、それでいい。

やっぱりママの子ね。里佳はママの誇り。

本当よ、嘘じゃない。里佳はすごい。ママ、拍手してあげる。

でもね、ママの邪魔をする連中もいる。腹が立つ。

本当に腹がたっていらいらするリカいらいらするむしゃくしゃするああもうみんなみ

んなみんなみんな

3

何のことじゃろうかの、と宇都子がもう一度言った。小野さんの話では、と戸田が萌香を指さした。

「あなたに言われて久我山へ向かった、ということでした。青木孝子が殺される、防げるのは萌だけだ、そんな風に言ったんですね？　それはあなたがユタ、もしくはユタの血筋を引いてるからでしょう」

ほうかもしれん、と宇都子がうなずいた。警察は超能力による捜査を認めません、と戸田が話を続けた。

「超能力がありなら、警察なんて不要ですよ。しかし、あなたはリカが女刑事を殺すこと、その場所、青木孝子の名前を萌香さんに教えています。事件発生の二時間以上前で、それは認めざるを得ません。だから、私は個人的にあなたと小野さんのガード、そしてあなたにリカの居場所を察知するためのサポート役を柏原と堀口くんに依頼しました。私としては、あらゆる手を打っておきたかったんです」

言うほど簡単じゃない、と柏原が小さく咳をした。

「あの時はリカの悪意……殺意が異常に大きかった。だから、宇都子さんもリカがどこにいるかわかったんだ。今は違う。宇都子さんだって、何でも見通せるわけじゃない」

我々の調べでは、と戸田が内ポケットから丸めたファイルを取り出した。

「小野さんがリカの娘を車で轢き、重傷を負わせたのは確かです。リカには小野さんへの強い憎悪があるが、娘の命の方が優先順位は高い。だから、今は気配を感じられない……そうですね？」

何とも言えん、と宇都子が笑みを浮かべた。

「おばあの力は自分でどうこうでけん。不思議なもんで、右から左ゆうわけにはいかんのよ。あれを見つけようと思うても、どうにもならん。なーんも考えとらん時、不意に気配を感じることもある。申し訳ないけんど、あれを見つけるのが難しいんは最初からわかっちょった」

今後は警察がバックアップします、と戸田が言った。

「超能力に頼る捜査はできないと言いましたが、今回に限り許可が出ました。科学捜査とあなたの力を合わせて、リカを見つけるんです」

どうやってだ、と尋ねた柏原に、宇都子さんはピンポイントで青木がいる場所を教えた、と戸田が言った。

「地図を開き、ここだとペンで印をつけた。リカの殺意が強かったからだというのはわかる。だが、微弱でも感じ取れるんじゃないか？」

「微弱な殺意？」

「リカが今どこにいるか、いつ現れるか、それがわかればベストだ。アジトの住所、明日の昼十二時にこの家を襲う……場所や時間を特定できれば備えが取れる。娘を車で轢かれたら、どんな親だって恨みに思う。リカの感情の振れ幅は尋常じゃない。抑えきれない殺意が頭のどこかにあるはずだ。微弱な殺意が漏れていたら、おばあさんもわかるんじゃないか？」

　あれは萌を殺しに来よります、と宇都子が落ち着いた口調で言った。

「それはわかっとります。でも、あれは頭がええ。おばあのことも気づいとる。久我山ん時は失敗じゃった、あれはそう思っとりますな。青木さんを殺すことで頭が一杯になっとったから、おばあの勘にぴんと来た。ほいじゃで、次は直前まで堪えますじゃろ」

　過去の事件を精査しました、と戸田が足元のカバンから資料を取り出した。

「怒った時、リカの体から言いようのない悪臭が漂うと証言した者が何人もいます。警察医によると、喜怒哀楽、感情によって体臭が変化する者は一定数いるそうです。体質ですから、本人の意志と関係ありません。リカは特に強く出るタイプなんでしょう。青美看護専門学校では、同じ寮の端から端の部屋まで、学生が悪臭を嗅いだこともあります」

「ほいで?」

　悪臭と同じで、殺意や憎悪も染み出します、と戸田が言った。

「突然スイッチが入って、いきなり人を殺す……そんな犯人はめったにいません。人殺しには前兆があるんです。どれほど巧妙に隠しても、いずれは漏れます。ピンポイントでどこにいる、今何をしているか、そこまでわからなくても、大きく言えば方向、方角、もう少し狭めればリカのアジトがある区や町名、何時にどこを通った、そのレベルならどうです?」

　どうじゃろか、と宇都子が首を捻った。私はあなたの力を信じています、と戸田が微笑んだ。

「方角がわかれば、警視庁の捜査支援分析センター、その他支援部署が集中的にリカを捜します。あなたは久我山の地図にペンで印をつけたそうですが、住所がわかっていたんですね?」

　ほうじゃ、と宇都子がうなずいた。

「おばあの見えない目に、ぱーっと場所が見えたんよ。ああ、ここにあれが来よる、女の刑事さんを殺すつもりじゃ、青木孝子っちゅう名前も浮かんだ。そしたら、電柱が見えて……そこに住所が書いてあったんじゃ」

　町名がわかれば、と戸田が身を乗り出した。

「所轄の警察官を動員してローラー作戦をかけます。一帯の家やマンション、アパートを警察官が訪れ、確認を取るんです。今回、捜査本部詰めは一課三係、四係のトータル約五十人ですが、二十三区内の警察署、交番勤務の警察官への命令権が私にはあります。科学捜査とあなたの力を合わせれば、リカの発見も可能でしょう」

よく上が納得したな、と柏原が肩をすくめた。

「科学捜査と超能力の合体？　ＳＦ映画か？」

こっちも後がない、と戸田が低い声で言った。

「十二年前の本間隆雄拉致事件で警察官が殺され、菅原警部補の心は壊れた。二年半前には奥山の惨殺、梅本は片目と心を失い、青木も懲戒免職処分になった。そして、久我山では井島たちが死んだ……リカの逮捕は彼らの仇討ちでもある。逮捕できなかったら、警視庁の面子は丸潰れだ。ここで一連のリカ事件を終わらせる」

言うとることはわかりますがの、と宇都子が囁いた。

「あれは人であって人じゃないんよ。顔はずっと前から知っちょった。萌が高校に通ってた頃じゃ。細長い顔で、肌は泥みたいな色よ。背中まで伸ばした黒い髪、がりがりに痩せて、棒のような体つきをしちょる」

失礼ですが、と言いかけた戸田に、生まれつき見えんです、と宇都子が目に手を当てた。

「あれに限らず、誰の顔も見たことはありゃせんですよ。でもね、わかるものはわかるんじゃ。あれはまともじゃない。顔が歪《ゆが》んでおったが、それは心の歪みよ。誰かて、心には陰がある。ほいじゃけど、あれは普通やない。何やわからん歪みや陰が重なっとる。あんなもんをおばあは知らん……今はあれがどこにおるかわからん。お役に立てるかどうか……」

リカが小野さんを狙っているのは確かです、と戸田が二十三区の地図をテーブルに載せた。

「人であって人ではない、あなたはそう言いましたが、リカは幽霊や化け物じゃありません。人間なんです。今までリカは警察の隙をつき、ターゲットを殺してきました。今回は逆です。心を読まれているとは、リカも思っていないでしょう」

井島は返り討ちに遭った、と柏原が顔をしかめた。

「どれだけ厳重に守りを固めても、リカは突破するぞ。この家は警護に不向きだ。玄関前の通りはともかく、両隣の家が近い。裏もそうだ。どこからでも近づける」

井島は警部補だ、と戸田が顎に手を掛けた。

「リカを撃てと命じても、部下はためらわざるを得ない。警察は何でもありの組織じゃない。射殺した場合、警部補に責任は取れない。リカの捜査に加わった奥山や青木もそうだった。一瞬の迷いが隙になったんだ。だが、今回は違う。私には責任が取れるし、捜査本部詰めの五十人もそれを知ってる。リカを殺す以外、事件は終わらない。全員にその覚悟がある」

許されるんですかと尋ねた堀口に、私が全責任を負う、と戸田が答えた。

「もちろん、警察には建前がある。殺すつもりで撃て、とは私も言えない。だが、私の真意は伝わっている」

「そうですか」

リカを射殺すれば一連の事件は終わる、と戸田が言った。

「それは私のキャリアの終わりでもある。辞表も書いたし、上も了解している。ドラマや映画だと、警察庁キャリアは血も涙もない悪役だが、何人も刑事が殺されてるんだ。仇が取れないんじゃ、下だって納得しない」

責任重大じゃね、と宇都子が何度も首を振った。

「ほいじゃけど、今んところあれの気配はせん。無理に捻り出すことはできん。間違っとったら、おばあや萌だけやのうて、他にもぎょうさん人が死ぬじゃろ。あれの心が動くのを待つしかないと思うがの」

深く息を吐き、戸田が座り直した。柏原の目配せに、堀口は丸椅子から立ち上がった。

4

お前が戻る前、と庭に出た柏原が煙草をくわえた。

「戸田から詳しい説明があった。十条駅と赤羽駅、どちらも警察官が二十四時間態勢で見張っている。この家の周囲三百メートルには死角なしで防犯カメラをセットした。電柱の辺りに作業員がいただろ？」

中年の男が作業をしていました、と堀口は門の外に目をやった。

「あれは刑事ですね？」

素人が見たってわかる、と柏原が煙草に火をつけた。

「だが、作業中ってのは嘘じゃない。カメラをテストしてたんだ。日が暮れると、この辺りは暗くなるが、それじゃ誰が通ってもカメラに写らない。必要な場所に照明を設置し、不審者が通れば全員が所持しているＰフォンに通知が来る」

渡しておく、と柏原がジャケットの内ポケットから警察官専用のＰフォンを取り出した。

「菅原さんたちの仇討ち、と戸田は話していた。それは本心だろうが、警察庁キャリアにも血や涙があるってのは違う」

「どういう意味です？」

戸田はリカの逮捕しか考えていない、と柏原が自分の頭を指で叩いた。

「リカのために命を落とした者……菅原さんのようにいかれちまった者もいる。身内に手を出した奴は許さない、それは警察の絶対のルールで、俺が現役なら先頭切ってリカの逮捕に動いただろう。そこは戸田も同じだが、奴は萌香さんと宇都子さんが犠牲になってもいいと思ってる」

「一般市民が死ねば、指揮官が責任を取ることになりますよね？」

戸田のここにあるのは復讐心だけだ、とまた柏原が頭を叩いた。

「奴もリカになっちまったのかな……リカを逮捕したら、その場で首を刎ねるんじゃないか？　頭を潰すしかない怪物だから、そうするしかないのかもしれんがね……戸田が何をしたって、本人の責任だから放っておけばいい。だが、萌香さんと宇都子さんは違う。あの二人を守るのが俺とお前の仕事だ」

柏原が煙を吐いた。久我山では、と堀口は空咳をした。

「本間が住んでいた場所にリカが来ると警察は読み、数十人の刑事を配置したが、リカが先回りしたと聞いてます。家の周囲に防犯カメラを設置したのは今日ですよね？　その前にリカが三百メートルのラインを突破していたら……」

それはない、と柏原が首を振った。

「二日前から所轄の刑事たちが近隣の家にローラー作戦をかけ、住人に話を聞いている。この辺りは戒厳令が敷かれているのと同じで、人の出入りもすべてチェック済みだ。リカの気配はない、と宇都子さんも言ってる。カメラはともかく、あのばあさんの目はごまかせない」

「ユタなんて信じないと言ってましたよね？」

俺は気が変わりやすいんだ、と柏原が携帯灰皿に灰を落とした。

「冗談はともかく、この家にリカが現れたらどうなるか見当もつかない。油断していたとは言わないが、井島たちが虚を衝かれたのは確かだし、まさか、という思いもあったはずだ。日本の警察官が問答無用で容疑者を射殺するなんて、絶対にあり得ない。井島たちを罠にかけるのはリカにとって容易かっただろう」

「ですが、戸田さんは射殺を前提にしています。家の中にいた刑事たちがそのつもりなのは、ぼくにもわかりました。目が殺気立ってましたからね」

「そうは言っても、相手はリカだ。常識が通じる相手じゃない。俺がリカなら、家に放火する。この辺りは住宅街で、家が密集しているから、延焼したら大勢が死ぬが、リカにそんなことは関係ない。火事になれば混乱が起きる。萌香さんと宇都子さんを逃がせってことになるが、それこそリカの思う壺だ。音もなく近づき、二人の首をかっ切るぞ」

青美看護専門学校でも百数十人以上の焼死者が出ています、と堀口は腕を組んだ。

「娘に重傷を負わせた小野さんに復讐するためなら、リカとしては何百人死んでも構わないんでしょうね」

違うな、と柏原が肩をすくめた。

「自分の手で萌香さんを殺さなきゃ、リカは満足しない。戦国時代の侍みたいに、首を切り落として持ち帰り、娘に見せるかもしれん。ほら、見て見て、ママが殺したのよってな……いかん、想像しただけで吐きそうだ」

放火、と堀口は辺りを見回した。隣の家とは庭を挟んで三メートルほどしか離れていない。両隣の家で火災が発生すれば、消防車、救急車が入ってくる。やじ馬、マスコミも来るだろう。

火災現場では消火と人命救助が最優先だ。警察の命令系統はずたずたになる。リカなら、必ずその隙をつく。

何だってありだ、と柏原が呻いた。

「近くの家に押し入り、住人を皆殺しにして、ガス管を引っこ抜くか？　線香に火をつけておけば、溜まったガスに引火して爆発が起きる。警察の連中が慌てて飛び出したら、後はリカの独壇場だ。次々に刑事が殺され、俺たち、そして萌香さんと宇都子さんも一巻の終わりだ。二百メートルほど先は広い道だが、車を暴走させて正面の家に突っ込んでもいい。近くにいる刑事たちは現場に駆けつける。がら空きになった道をリカが走ってきたらどうする？」

ぼくが小野さんに張り付きます、と堀口は言った。

「柏原さんは宇都子さんをお願いします。分担して二十四時間目を離さなければ……」

素人の言いそうなことだ、と柏原が苦笑した。

「お前は小便もしないのか？　あの二人だってトイレに行くし、風呂にも入る。一緒にシャワーを浴びる気か？　夜通し見張ると言っても、限界があるんだ。寝ずの番って言葉があるが、半日がいいところだよ……戸田はあの二人を餌にリカをおびき寄せるつもりだし、逮捕だけを考えれば理にかなっている。だが、俺に言わせりゃ大間違いだ。先手を打たないと、何人死ぬかわからん」

「先手？　どうするんです？」

俺たちがここにいたってやることはない、と柏原が大きく伸びをした。

「戸田本部長様が現場に来てるんだ。刑事たちだって、気を張らざるを得ない。危険を察知すればリカは動かない。今のうちに、俺たちでリカを捜そう。見つけても手は出すなよ。地雷より危険で、触っただけで死ぬ。戸田と連絡を取り、包囲して追い詰めればいい」

捜して見つかるなら苦労しません、と堀口は窓越しにリビングを見た。萌香と宇都子が並んで座り、その前に二人の刑事が立っていた。

「どこを捜すんです？　手掛かりもないのに動いても……」

娘だ、と柏原が指を鳴らした。

「萌香さんに車で撥ねられ、大怪我をしている。骨折レベルじゃない。治療に何が必要か、調べればわかるだろう」

やってみます、と堀口はスマホを取り出した。俺たちは警備に組み込まれていない、と柏原が言った。

「だから自由に動ける。リカには娘への愛情がある。結局は自分のためだが、いい母親、優しい母親だと思われたいんだ。治療のために、継続して使う薬品もあるだろう。その辺がわかれば、リカの動きが予想できる」

自動車事故、重傷、治療とワードをスマホに打ち込み、堀口は検索を始めた。四十万件以上のスレッドが画面一杯に並んだ。

5

交通事故による負傷ですが、と堀口は左右に目をやった。リビングにいた柏原、戸田、そして数人の刑事が同時にうなずいた。

「大きく二つに分かれます。視認できる怪我とできない怪我です。前者は打撲、骨折、捻挫その他。後者はむち打ち、頸椎捻挫、頭痛や手足の痺れ、内臓損傷、消化器系の機能低下などで、相互に関係する場合も——」

我々は素人じゃない、と戸田が苦笑した。

「ここに詰めてる刑事の中には、所轄署にいた頃、交通課勤務だった者もいる。私も何度か交通事故の現場検証に立ち会ったことがある。詳しく説明しなくても大丈夫だ」

小野さん、と堀口はキッチンにいた萌香に声をかけた。

「久我山で女の子を轢いた時、どれぐらいのスピードで走ってましたか？」

四十キロ前後だったと思います、と萌香が答えた。

「いきなりヘッドライトに照らされたあの子の顔が目に入って、思わずブレーキを踏みました。ハンドルを切った気もします。青木さんを救うにはあの子を轢くしかないとわかってましたけど、理屈通りにはいかなくて……」

情けをかけてはいかんちゅうたんですがの、と宇都子が皺だらけの頬を撫でた。

交通事故では誰でもブレーキを踏みます、と戸田が額に手を当てた。

「あれは反射行動ですからね……堀口くん、要点だけを頼む」

女子学生の拉致事件を見ても、リカは娘に輸血をしていると考えられます、と堀口は言った。

「ぼくの高校の友人に医者のタマゴがいて、彼に確認しました。輸血したのは内臓損傷があったからで、本当ならX線やMRIで画像検査をして正確な損傷箇所を調べますが、触診でもある程度はわかるそうです。ただ、内出血、内臓のダメージは血液検査をしないと判断できません」

「それで？」

「リカは看護師で、採血用の注射器は持っていたと思いますが、採った血を遠心分離器にかけて脂質系、糖代謝系、肝臓・腎臓・膵臓系などの数値を測定しないと、どこがダメージを負っているのか判断できません。専門的なことは警察医に聞いてもらった方がいいと思いますが、最低でも遠心分離器がないと話にならない、と友人は話してました」

確認しろ、と戸田が座っていた刑事に指示した。リカですが、と堀口は話を続けた。

「メスや鉗子など、医療器具や薬品類は持っていても、血液検査のための試薬や遠心分離器は準備していなかったでしょう。個人経営のクリニックはほぼ百パーセント、血液検査を外注に出すそうです。検査法を知っていても、器具がなければ何もできません。外注先は専門の検査会社です。ただ、大学病院や大きな総合病院に依頼することもあるようですね」

「なるほど……しかし、研究機関を併設している医療施設は警備や管理もしっかりしている。遠心分離器を盗まれて、届け出ないとは思えん」

「そこは調べないとわかりません。今のところ自由に動けるのはぼくと柏原さんだけです。ここを離れても問題ないでしょう。場所はある程度絞れます。まず久我山のある杉並区周辺、そしてリカは井の頭通りを車で逃走し、初台でカップルを殺していますが、世田谷区を通過して渋谷区に向かったと考えられます。その三区にある医療施設を調べればいいのでは？」

盗難の報告はありません、と電話を耳に当てた刑事が言った。

「ただ、警察病院の医師によると、中規模病院でも遠心分離器を持っているということです。また、最近増えていますが、ひとつの建物内に内科、外科、歯科などが集合する医療施設、いわゆる医療モールでは、MRIや遠心分離器を共有するようです。盗難が発覚すると、医師は管理責任を問われます。それを恐れて、隠蔽している可能性も否定できないと話してました」

調べるだけだ、と柏原が戸田に目を向けた。

「何もしないよりましだろう。俺も堀口も拳銃を持っていない。萌香さんと宇都子さんを護ると言っても、丸腰じゃ役に立たん。遠心分離器が盗まれていたら、近くにリカのアジトがあると考えていい。そこで手掛かりが見つかるかもしれない。七十二時間以内にリカを逮捕しろ、そう命令されたと言ったな？　もう三時間経った。待ってるだけじゃ、埒が明かない」

簡単に言うな、と戸田が舌打ちした。

「お前たちに何かあっても、責任は取れない。刑事をつけるわけにもいかないし……」

その必要はないでしょう、と堀口は腰を浮かせた。

「リカがぼくたちを襲うとは思えません。三区内の遠心分離器を所有する医療施設を調べてください。ぼくたちが行っても、危険はありません」

任せろ、と柏原が立ち上がった。

「三区だけなら時間はかからん。行った方が早いだろう」

何カ所あるのか見当もつかないが、と戸田が顔をしかめた。

「とにかく調べてみよう。今は警備が最優先で、交替のローテーションも決まってる。刑事は出せない。十や二十の病院なら、お前たちに任せる。トライする価値はありそうだ」

メールで送ると言ってます、と刑事がスマホから耳を離した。

「杉並は五カ所、世田谷は三カ所……渋谷は今のところ十一カ所、もう少し増えるかもしれません」

俺が杉並へ行く、と柏原がうなずいた。

「堀口は世田谷だ。待ってる時間が惜しい。渋谷の医療施設がわかったらメールをくれ……堀口、お前は事務所の車を使え。俺はタクシーだ。戸田、名刺を貸せ。私立探偵じゃ、施設内にも入れない。警視庁の刑事だと名乗るが、構わんな？」

いいだろう、と戸田が名刺入れをそのまま柏原に渡した。

「こうなったら毒を食らわば皿までだ。すべてのルールを破ってやる……しかし、見つかるかな？　医療用の遠心分離器を盗まれたら、どこだって警察に通報するはずだ」

そうとは限らない、と柏原が言った。

「あれだけ目立つ特徴があるのに、リカの目撃情報が少ないのは名前を言っただけで災いが起きるとわかっているからだ……リカはそういう女だよ。正直、俺もかかわりたくない」

堀口、と柏原が顔を向けた。

「杉並と世田谷に専門機関や大学病院は少ない。総合病院には夜間受付がある。そこで話を聞こう」

了解です、と堀口はポケットに手を入れた。車のキーの冷たい感触がした。

6

環七を上がり、一キロほど走ったところで柏原はタクシーを停めた。右手に広い公園があり、その奥に四階建の建物が見えた。

スマホに触れると、堀口です、と返事があった。

「今、どこだ?」

成城学園前駅の近くです、と堀口が答えた。

「この辺に総合病院があるはずなんですが、ナビの調子が悪くて……柏原さんは?」

ここが最後だ、と公園の手前で柏原は煙草をくわえた。

「成城学園前か……遠いな。終わったら迎えに来てくれと言うつもりだったが、お前はそのまま渋谷に行け。俺はタクシーを拾う」

「ぼくもここで終わりなんですが……ああ、ありました。細長い建物だな……どうです？何かわかりましたか？」

何も、と柏原は煙草に火をつけた。

「四つの総合病院を廻《まわ》ったが、時間が時間だ。勤務しているのは研修医で、詳しいことは何も知らなかった。もっとも、若いから扱いやすい。警察だと言うと、検査室に案内してくれた」

確かに、と堀口がうなずく気配がした。

「柏原さんぐらい強面なら、刑事と言われても信じるでしょうけど、ぼくの方は厳しかったですよ。なかなか話を聞いてくれなくて参りました。戸田さんの名刺を渡すと、何とかなりましたけど」

検査室はどこも鍵がかかっていた、と柏原は言った。

「時間は多少違うが、午後七時前後に検査官が帰る時、施錠するそうだ。毎日、個人のクリニックから血液検査のオーダーが何十件、多い時は百件以上あるらしい。常時稼働しているから、盗難なんてあり得ないと笑われたよ」

「血液検査の外注はどこも同じみたいですね。ぼくが行った二件の病院もそう言ってました」

「二件だろ？　その割に時間がかかってるな。俺は四件終わらせたぞ」

タクシーとは違います、と堀口が苦笑した。

「乗って降りて、そのまま病院に入れるわけじゃありません。二件目の病院なんか、駐車場が離れていて大変でしたよ。深夜でも路駐はできませんからね。ぼくもタクシーの方が良かったな。事務所の車のナビは古いんで、目的地付近ですって言われても、すぐ目の前じゃないんです」

愚痴が多いな、と柏原は煙を吐いた。最後ってことは、と堀口が言った。

「大聖医療センターですね？」

そうだ、と柏原はうなずいた。リストにあった五件の医療施設で、久我山駅に近い病院から高井戸、荻窪、阿佐ケ谷と順に回っていた。

気をつけてくださいね、と堀口が小さく笑った。

「何だ、その笑いは？」

大聖医療センターの最寄り駅は高円寺です、と堀口が声を低くした。

「二年半前、リカが梅本刑事を拉致した駅ですよ。その辺りにアジトがあるんじゃないですか？」

脅かすな、と柏原は靴の裏で消した吸い殻を携帯灰皿に押し込んだ。

「この辺は暗くて、幽霊でも出そうな雰囲気だ……どうなんだ、終わりそうか？」

ホームページに夜間受付の番号がありました、と堀口が言った。

「電話したんですが……受付には誰もいません。ガードマンがいるのかな？　そっちが終わったら、連絡してください。道は空いてるんで、三十分ぐらいで高円寺駅に行けそうです。お迎えに上がりますよ」

後で電話する、と柏原は通話を切った。公園の中ほどに照明があるが、辺りは真っ暗だった。

左側の道路に廻ると街灯があったが、突っ切れば大聖医療センターまで二百メートルほどだ。スマホのライトをつけて前を照らし、素早く歩いた。

『リカが梅本刑事を拉致した駅ですよ』

つまらないことを言いやがって、と柏原は舌打ちした。その時の様子を青木に聞いたことがあった。何が起きたのかわからないまま、梅本はリカに連れ去られたようだ。

不気味な話だとつぶやき、柏原は公園を出た。正面に大聖医療センターの看板、そして夜間受付の文字が見えた。二台の大型ライトが照らしているので、そこは明るかった。

四段だけの短い階段の下に、白衣を着た男が座っていた。すいません、と柏原は声をかけた。

「警視庁の者です。夜間受付はこっちで――」

白衣の胸に、赤い染みがあった。駆け寄って肩に手を掛けると、男の頭だけが落ち、階段を転がっていった。

（リカだ）

電話が鳴った。着信表示に堀口の名前があった。

「こっちは終わりました。今から迎えに行きます」

堀口、と柏原はスマホを手で覆った。

「リカに先を越された」

「何です？　リカがどうしたんですか？」

「大聖医療センターの遠心分離器を盗んだんだ。夜間受付の男の首が切られて――」

焼けた火箸を突っ込まれたような激痛が腰に走った。悲鳴を上げ、柏原は肘で後ろを払った。凄まじい悪臭が漂っていた。

「堀口！」

「柏原さん？　どうしました？」

柏原は腰に手を当てた。大量の血が溢れ出していた。

柏原さん、と堀口の怒鳴り声がやけに大きく響いた。膝をつき、柏原は顔を上げた。大型ライトの光に、メスが反射していた。

逃げようとしたが、足に力が入らない。メスが柏原の左目を深く刺した。

両手で突き飛ばし、メスが刺さったまま、柏原はよろめく足で階段を上がった。

「誰か！」

背後から悪臭が忍びより、後ろ髪を摑まれた。階段を引きずり下ろされたが、痛みは感じなかった。

（畜生）

なぜだ。なぜ、リカは俺の動きを知っていた？

「柏原さん！」

堀口の叫びがすぐ横で聞こえた。柏原は握っていたスマホを見つめた。

喉にメスが当たった。氷のように冷たかった。

左目から迸った血で、何も見えない。荒い呼吸音。腐った魚を酢で煮詰めたような不快な臭い。

噂じゃ聞いていたが、と柏原は口の中に溜まっていた血を吐き出した。

「こんなに臭いとは思わなかったよ……リカ、まともじゃねえな」

ゆっくりと、メスが左から右へ動いた。生温い血が首を伝っていく。

柏原は無理やり右目を開けた。だが、何も見えなかった。

scream 7

隠れてた

1

投光機のライトが大聖医療センターのエントランスを照らしている。戸田はパトカーの助手席から降り、後部座席のドアを軽く叩いた。えらい騒ぎじゃね、と宇都子が窓を開けた。

深夜〇時半、大勢の警察官が大聖医療センターの周囲に黄色いテープを張り巡らせていた。十人ほどの刑事も来ている。鑑識員が写真を撮るストロボの光が投光機のライトと重なり、昼間のように明るかった。

エントランスに続く短い階段の下に、一人の男が座っていた。周囲は騒がしかったが、その男だけは微動だにしていない。

男の首はなかった。トルソーのようだ、と戸田は思った。首のない彫像。

柏原と連絡が取れなくなった、と堀口から電話が入ったのは一時間ほど前だった。

「柏原さんと話していたら、いきなり通話が切れたんです」

堀口が上げた不安そうな声が頭をよぎった。

「世田谷区内の病院を調べ終わったら、柏原さんを拾って渋谷へ向かうつもりでした。電話を入れて、どうするか話していたら、リカに先を越されたと柏原さんが叫んで……」

「何のことだ？」

「はっきりわかりませんが、夜間受付の男の首が切られていたとか、そんなことも言ってたと思います。すぐに悲鳴が聞こえて、電話が切れました。かけ直しましたが、繋がりません。今、ぼくは杉並区の大聖医療センターに向かってますが、何がどうなっているのか――」

堀口の電話を受け、戸田は高円寺東署に連絡を取り、大聖医療センター付近を調べろと命じた。十分後、男性の死体を発見したと連絡があり、すぐに十条を出た。

「おばあと萌も行った方がええじゃろ」

何かわかるかもしれんでね、と申し出た宇都子と萌香を連れ、パトカーに乗った。その時点で、リカが柏原を殺したと戸田もわかっていた。

犯罪現場には臭いが残る。物的証拠という意味ではなく、実体のない殺人の痕跡だ。刑事はその臭いを辿り、犯人を追う。勘というより経験則だが、宇都子にはその臭いを嗅ぐ能力があるだろう。

原則として、一般人を捜査現場に連れて行くことはないが、今回は特別だ。リカ捜索のためなら、何でもすると戸田は決めていた。

「何があるかわかりません。パトカーを降りないように」

探偵さんはどこかね、と宇都子が尋ねた。隣に萌香が座っている。表情は暗かった。

報告はありません、と戸田は答えた。

「階段の男は病院の医師です。五メートルほど下に刑事が立っていますが、あの辺りに医師の首が転がっていたようです」

近づいてきた本庁一課の佐川《さがわ》巡査部長が目配せして、報告を始めた。

「死体ですが、大聖医療センターに勤務している近石《ちかいし》医師でした。午後十時頃、コンビニへ行くと看護師に伝えて、外へ出たそうです」

「死因は？　いきなり首を切られたんじゃないだろ？」

あそこに公園があります、と佐川が闇を透かすように見た。

「二、三百メートルほど突っ切ると大通りがあって、向かいがコンビニです。調べましたが、近石は店の防犯カメラに写っていませんでした。高円寺東署の連中が公園内で血痕を発見しています。現在照会中ですが、近石の血でしょう」

「それで？」

「犯人は公園で近石の胸を刺し、即死だと思われます。その場で首を切断、死体を階段下に置いたようです」

「何のためにそんなことを？」

さあ、と佐川がしかめ面になった。

「死亡推定時刻は午後十時から十一時、看護師の証言があるので、十時過ぎと絞ってもいいかもしれません。四段の階段を上がると夜間受付がありますが、角度があるので下は見えません。夜九時以降は急患がいなかったので、誰も気づかなかったんです。柏原さんがこの病院へ来たのは十一時前後だと思いますが、近石医師の死体に気づき、近づいたところを襲われたんでしょう」

「なぜわかる？」

こちらへ、と佐川が階段へ向かった。四段ある石段が黒く濡れていた。

「血痕です。血溜まり、と言った方がいいのか……近石医師は公園内で刺殺されています。

ほぼ即死ですから、その場で大量に出血したはずです。その後死体を運べば、出血量は僅かにしかなりません。犯人はここで柏原さんを刺したんでしょう。鑑識が血液型を簡易検査したところ、ＡＢ型でした。柏原さんもＡＢ型、近石医師はA型です」

柏原の死体はどこだ、と尋ねた戸田に、捜索中です、と佐川が答えた。

「これだけの出血量だと、死亡したと考えるしかありません。犯人が死体を持ち去ったんでしょう」

「何のために……いや、聞くだけ無駄か」

詳しいことがわかったら報告を頼む、と佐川の肩を叩き、戸田はパトカーに戻った。

「探偵さんは死んだんじゃね」

おそらく、と戸田はうなずいた。ええ人じゃったけど、と宇都子が顔を伏せた。

「あれは惨いことをしよる……何でこないなことをしたんかの。あれが狙うとるんは、おい、あと萌じゃ。探偵さんは関係ないじゃろうに」

リカの考えは読めません、と戸田は言った。

「わかっていたつもりでしたが、まさか柏原を殺すとは……小野さん、何をしてるんですか？」

萌香の右手が動いていた。勝手に指が、と萌香が囁いた。

「スマホにメモを……何を書いてるのか、自分でもわかりません」

萌香が差し出したスマホに、戸田は目をやった。リカ、偶然、殺人、血、嫌な臭い、いくつかの単語が並んでいた。

「堀口さんは？」

萌香の問いに、彼の車はあそこです、と戸田は後ろを指さした。

「高円寺東署の刑事が堀口くんを保護しました。今はうちの連中に事情を説明していると……いや、戻ってきましたね」

二人の刑事に付き添われた堀口が助手席に廻った。後部座席に萌香、宇都子、もう一人刑事がいる。

乗ってくれ、と言いかけて、狭いな、と戸田は苦笑した。

「大丈夫か？」

パトカーを降りた戸田に、何が何だか、と堀口が長い息を吐いた。

「柏原さんは……リカに殺されたんですか？」

何とも言えない、と戸田は答えた。死んだ、とは堀口に言えなかった。

電話で、と堀口が自分のスマホをポケットから取り出した。

「リカに先を越されたと……その時は意味がわからなくて、悲鳴が聞こえた後は何度リダイヤルしても繋がりませんでした。ここへ来た方が早いと思って、戸田さんにも連絡しましたが——」

戸田はドアを大きく開き、そこに堀口を座らせた。

「出血量が多く、広範囲に飛び散っている。おそらく、頸動脈を切られたんだろう。だが、柏原はしぶとい男だ。生きているかもしれない。周囲五キロの道路に検問を張った。全車、トランクまで調べる。スーツケース、キャリーバッグを持つ通行人も止めて事情を確認する」

相手はリカです、と堀口が頭を抱えた。

「検問なんか擦り抜けますよ。柏原さんの死体も見つからない……」

杉並区内の全所轄署に応援を要請した、と戸田は言った。

「死体を隠すのは簡単じゃない。柏原は中肉中背、特に大柄じゃないが、切り刻んだとしても頭部が残る。捨てれば目立つし、埋めたって見つかる。気になるのは、なぜリカが死体を持ち去ったかだ……柏原を殺害した理由ははっきりしている。リカは君や柏原の存在に気づいていた。あの女の狙いは小野さんと宇都子さんで、殺害の邪魔になると考えたんだろう」

「はい」

「三日前の夜、大聖医療センターの遠心分離器が盗まれていた。リカのアジトはこの近くにあると考えていい。現れた柏原を殺したのは、リカにとって不都合な存在だったからだ」

リカが関係する事件を調べましたが、と堀口がうなずいた。

「リカの正体を探ろうとした者のほとんどが死んでいます。奥山刑事はその典型で、殺すというより、蠅や蚊を潰すのと同じだったんでしょう。うるさい、目障りだ、それだけの理由でリカは人を殺します」

だが、死体は置き捨てている、と戸田は腕を組んだ。

「敬馬山で発見された本間隆雄にしても、隠す意図はなかったようだ。嫌な言い方だが、粗大ごみの不法投棄と同じレベルの捨て方だった。柏原を殺害した理由は説明できるが、なぜ死体を持ち去ったのか……宇都子さん、どうしました？」

あれの気配はせん、と宇都子が言った。

「何かあれば、おばあのアンテナに引っ掛かると思うてここまで来たが、きれいさっぱり何もない。とっくに逃げたんじゃろ。ここにおっても仕方ない。戻った方がよさそうじゃ」

柏原さんがどこにいるか、と堀口が宇都子に尋ねた。

「それもわかりませんか？」

遠くはない、と宇都子が顔を左右に向けた。

「人がぎょうさんおるのお……見えんでも、声でわかる。ほいじゃけど、それが邪魔んなって探偵さんの姿は見えん。うまく隠しとるんじゃな」

「そうですか」

「あんたらが思っておるより近くじゃで、よう捜せば見つかる。ほんまの話じゃよ。それぐらいはおばあにもわかる」

十条の家の安全を確認します、と戸田はスマホを耳に当てた。

「私が出た時、警備のために六人が同行しました。交代が完了すると、連絡が入ります。それまではここにいた方がいいでしょう」

何のためにリカは戻ったんでしょうか、と萌香が外に目をやった。

「遠心分離器を盗んだら、病院に用はないはずです。それなのに……」

他にも機器類を探していたのかもしれませんね、と堀口が小声で言った。

2

ほら、里佳。テレビを見て。ニュースをやってる。

酷いよね、首を切られて殺された人がいるんだって。残酷な事件。そう、殺人事件。

ママはね、そんな世の中が嫌い。もっと明るく、楽しく、幸せな世界になればいいのに。

みんな笑顔で、愛情深くて、お互いを思いやる。その方がいいと思わない？

昨日夜十一時頃、杉並区の大聖医療センターで男性の死体が発見されました。男性は同病院に勤務する医師、近石徹さん（39）で、大量出血によるショック死と警察は死因を公表し、同時に殺人事件として捜査を始めた模様です
里佳、目をつぶりなさい。ママが間違ってた。こんなニュース、見せるんじゃなかった。社会勉強のつもりだったけど、こんな惨たらしい話を里佳の耳に入れたくない。

里佳には幸せになってほしい。いつも笑っていてほしい。ママはずっとそう思っていた。

ママはどうかって？　そりゃあ幸せです。パパがいて、里佳がいて、もうそれだけで幸せ。ママは幸せ。

ありがとうって、お礼を言わないとね。里佳のおかげで、ママは毎日幸せなんだから。

でも、世の中には悪い人がいる。それも知っておかないとダメ。

自分のことは自分で守らないと。ママもいつかはいなくなっちゃう。それは仕方ないことなの。

だから、ちゃんとニュースを見なさいほら見るの見なさいみろよおまえおまえおまえ
本当に良かった。ママ、心配してたんだよ。里佳が治らないんじゃないかって。

そうね、あの女もひどいだってておまえをころそうとしたんだから

ママは絶対許さない。里佳に酷いことをしたあの女を
里佳には幸せになってほしい。ステキな旦那様と可愛い子供たち。
家なんか小さくていい。でも、庭は広くないとね。
家はね、きっと小さい方がいい。だって、その方がみんなの距離が近くなるから。
いつでも触れ合って、笑い合って、愛し合って、楽しく幸せに暮らすの。
その邪魔をする奴はみんな死ねばいいしねばいいしねば

3

十条の小野家にいるのは屋外警備隊、屋内警備隊、情報支援隊、三隊から成る警備班だ。それぞれ九人の刑事が属し、三交替制で小野萌香と宇都子の警備を担当していた。

各隊の隊長を戸田が呼び、大聖医療センター殺人事件について詳しい説明をしたのは事件発生から十一時間が経った翌日の午前十時だった。

「柏原はまだ見つかっていない」

リビングで戸田が口を開いた。堀口は萌香、そして宇都子とテーブルに並び、戸田の声に耳を傾けた。

「病院エントランスの階段に残っていた血痕を調べたところ、柏原の血液だと判明した。血液量は約二リットル。柏原の体重は約七十キロだから、死亡したと考えるしかない」

しばらく沈黙が続いた。柏原は警察ＯＢだ。現場の刑事のほとんどは後輩で、怒りと悲しみが堀口にも伝わってきた。

柏原の動きだが、と戸田がｉＰａｄを手にした。

「杉並区久我山の総合病院を振り出しに、四つの病院を回り、最後の大聖医療センターに着いたのは十一時少し前だった。環七から児童公園を突っ切ると、病院までは約二百メートルほどだ。柏原は病院のエントランス近くにいたと考えられる。そこで首なし死体を発見し、リカの犯行だと堀口くんに伝えたが、その後連絡がつかなくなった」

堀口くんのスマホの履歴によると、と戸田が話を続けた。

「柏原への発信時間は十一時二分で、私に連絡を入れたのは同十分、それを受けて私が高円寺東署に捜索を要請したのは同十五分。成城学園から現場へ向かった堀口くんと高円寺東署の警察官が到着したのは同二十分、医師の死体を発見したのは堀口くんだ。この時点で、柏原の姿はなかった」

「病院の防犯カメラに写っていないんですか？」

屋外警備隊長の質問に、エントランス前の階段は死角だ、と戸田が答えた。

「リカは十一時二分に柏原を殺害し、堀口くんたちが現場に着くまでの十八分で死体をどこかへ運んだことになる。おそらく、担いで公園を抜けたんだろう。そして、路肩に停めていた車に死体を乗せ、付近にあるアジトへ向かった……公園内は暗いので、撮影はできない。そこまで高性能なカメラじゃないんだ」

「そうですか」

「環七で不法駐車していた車の目撃者を探しているが、今のところ見つかっていない。現在、ＳＳＢＣ（捜査支援分析センター）が環七沿いの防犯カメラをチェック、リカの発見に努めている。捜査情報はここまでだ」

「なぜ犯人は死体を持ち去ったんです？」

わかれば苦労しない、と戸田が肩をすくめた。

「リカは自分を追う者に敏感だ。我々警察官はもちろん、柏原、堀口くんの存在にも気づいただろう。目障りな者は殺す、それがリカの掟だ。遠心分離器を盗んだリカが久我山から高円寺へ移動中の柏原を発見、尾行し、殺したと考えられるが、死体を持ち去った理由は不明だ」

いいですか、と堀口は片手を上げた。

「思い当たることがあります」

「何だ？」

柏原さんのスマホです、と堀口は言った。

「ぼくと同じｉＰｈｏｎｅを使っていました。ロックがかかっていますが、顔・指紋認証もしくはパスコードで開けます」

「まさか……柏原のスマホを見るために、死体を運び去ったと？」

「可能性はあると思います。リカは捜査状況を知りたかったはずですし、小野さん、おばあさんの情報も把握しておきたかったでしょう。柏原さんは刑事じゃありませんが、青木さんの件を含め、リカが係わった事件のすべてを知っていました。捜査本部に加わっていたのと同じです」

「そうだな」

「柏原さんはスマホで情報を管理していました。警備の交替のスケジュールがわかれば、襲撃のタイミングを探れます。もし、リカが柏原さんのスマホを開いたとしたら……この家は丸裸も同然です」

リカはこの家の住所を知っている、と戸田が床を足で軽く蹴った。

「だから、私は威力警備に切り替えた。大勢の刑事がいれば、手出しはできない。時間を稼ぎ、その間にリカを見つけるつもりだったが……」

警備には隙が生まれます、と刑事の一人が言った。

「襲撃側はそれを待つだけですし、マンパワーには限りがあります。一週間、半月はともかく、それ以上となると厳しくなるでしょう……今後、どうしますか？」

リカさえ見つかれば問題はない、と戸田が舌打ちした。

「警備の情報を知るために、あの女は柏原を殺したのか……殺害現場で柏原のスマホを見ようとしたが、誰が来るかわからないから、死体を持ち去った。環七で停めていた車の中でスマホを開いたとも思えん。柏原の顔は血まみれだっただろう。それじゃ、顔認証は機能しない」

「はい」

「リカは柏原の顔をきれいに拭い、接着剤かピンで瞼を留め、スマホに向けたはずだ。指紋認証にしても、指の血を落とさなきゃならない。それには場所が必要となる。つまり、アジトだ。それほど遠くはない」

「なぜです？　リカが梅本刑事を拉致したのは高円寺駅でしたが、その後新大久保に移動しています。高円寺とは限らないと――」

今回は違う、と戸田が首を振った。

「時間を考えればわかる。リカが柏原を殺害したのは十一時二分、そこから死体を担ぎ、環七に出て車に乗せるまで三分かかったとしよう。十一時五分、リカは車のエンジンをかけ、走りだした。だが、私は同十五分に高円寺東署に応援を要請している。緊急検問を張ったと連絡が入ったのは同二十分だ。リカには十五分しかなかったことになる」

「十五分……」

リカは検問に引っ掛かっていない、と戸田が言った。

「簡単に言えば、車で九分以内の場所にリカのアジトがある。SSBCに当該時間の不審車両を調べさせる。所有者不明の車両が見つかれば、どこへ向かったか追跡する」

アジトは二年半以上前からあったはずです、と堀口はうなずいた。

「高円寺駅を始点に、空き家、空き室を調べてはどうです？」

リカには弱点がある、と戸田が顎を撫でた。

「娘だ。都内にリカのアジトが複数ある、と以前から捜査会議で意見が上がっていたし、私も同意見だ。ただ、リカも重傷を負った娘を連れ回すわけにはいかない。高円寺のアジトで娘を押さえれば、リカをおびき出せる……だが、リカはこの家の警備情報を入手したと考えていい」

「間違いないでしょう」

「久我山の公団では、放火で警備態勢を混乱させた。この辺りは住宅が密集している。小野さんと宇都子さんを守るために、周辺住人を犠牲にするわけにはいかない。リカの逮捕まで、二人を安全な場所で警備した方がいいだろう」

　安全な場所、と刑事たちが顔を見合わせた。リカの襲撃に耐え得る場所があるのか、誰も確信はなかった。

　上と協議する、と戸田がポケットからスマホを取り出した。

「下手に動けば、それが隙になる。場所を移るか、警備態勢を見直すべきか……いずれにしても、今すぐってわけじゃない。別命があるまで現状を維持せよ」

　戸田が電話で話し始めた。堀口は萌香と宇都子の間に席を移した。

「どう思いますか？」

　あれは近づいとるよ、と宇都子が口を尖らせた。

「どこにおるかは、おばあにもわからん。うまく姿を隠しとるからの。ほいじゃけど、影は消せん。あれん中にあるんは憎しみだけよ」

「憎しみ？」

　まじりっけのない憎しみの心じゃ、と宇都子が言った。

「堀口さん、あんたも誰かを嫌ったり、憎んだりしたことがあるやろ？　良うないことやが、そりゃ仕方ない。人間ちゅうのはそういうもんや。けど、どっかで引け目を感じよる。そういう心が醜く、汚いとわかっちょるからじゃ」

「そうですね」

「あん人は嫌いじゃが、ええところもある……普通はそんな風に考える。じゃが、あれは違う。ほんまに憎い者を心から憎む。殺すんは当然やと思うちょる。憎悪が大きすぎるから、どこかに影が出る。おばあはそれを見ちょる」

「リカはどう動きますか？」

隙がありゃあ、おばあと萌を殺す、と宇都子が萌香の肩に触れた。

「まずはおばあよ。何でか言うたら、あれの邪魔をするんはおばあしかおらんと考えちょるからじゃ。警察でも何でも、あれから誰かを守るんは無理よ。この世でたった一人、おばあだけが敵やとあれは知っちょる」

「はい」

「そして、おばあは自分を守れん。あれは人の弱みをようわかっちょる。おばあが殺されりゃあ、萌が怯えよる。それも狙いじゃね。おばあの先は長うない。明日か明後日か……ただ、あれにはわからんこともある」

「何のことです？」

言うたところでどうにもならん、と宇都子が笑みを浮かべた。

「それより、堀口さんは大丈夫か？　探偵さんが殺されて、あんたも怖いじゃろ？」

　怖くはありません、と堀口はため息をついた。

「青木さんも井島刑事も、リカに殺されました。リカについて調べましたが、数え切れないほど人が死んでいます。死に慣れて、鈍感になっているのかもしれません」

「ほうかの」

「柏原さんと最後に話したのはぼくで、今も声が耳に残っています。本当に死んだと思えなくて……自分の感情が自分でもよくわからなくなってるみたいです」

　そういうもんじゃ、と宇都子がうなずいた。

「みんな、正気を失うちょる。戸田さんも、刑事さんらも、あれへの復讐心でおかしくなっちょる。そん中におったら、おかしゅうならん方が変なんじゃ。正気でおったら、怖くてやっとれんでね……萌、それでも正気でおらにゃあかん。萌が最後の頼みの綱なんじゃ。切れたら、誰もあれを止められん」

　リカの気配がします、と萌香が低い声で言った。

「ものすごく……嫌な臭いがするんです。胸がむかむかするような腐敗臭が……堀口さんは？　感じませんか？」

　いえ、と堀口は萌香の手元を見つめた。いくつかの文字がメモ帳に記されていた。

「何を書いてるんです？」

自分でもわかりません、と萌香が首を振った。

「勝手に指が動くんです。今も……」

萌香がメモ帳をめくり、近、と大きな文字を書いた。今にわかる、と宇都子がつぶやいた。

4

近隣所轄署の応援により、高円寺駅を中心としたリカのアジト捜索が続いたが、場所は特定できないままだった。

報告を受けた戸田が堀口たちに状況を説明したのは、翌日の午前十時だった。宇都子に意見を聞くつもりだ、と堀口も察しがついた。

リカのアジトは不明です、と戸田が説明を始めた。

「上層部と対策を協議しました。この家でリカの襲撃に備えるA案、お二人を中野の警察病院へ移して警備するB案、もうひとつ、威力警備を後方警備に切り替えるC案があります」

最初のはようない、と宇都子が言った。

「おばあと萌はともかく、他に死人が出よるでね」

確かに、と戸田が窓から隣の家に目をやった。

「家々の間隔が狭いので、混乱が生じやすいと我々も考えています。B案ですが、中野の警察病院の別棟を空けますので、安全を確保できます。ただ、三日……長くて五日と病院の責任者から回答がありました。私としては、C案を推したいところです」

「刑事さんたちが隠れてわたしと祖母の警護をする……そうですね？」

萌香の問いに、待ってください、と堀口は割って入った。

「二人を囮に罠をかける気ですか？　危険過ぎます！」

これは時間との戦いでもある、と戸田が言った。

「現在の警備態勢は二週間が限界だ。リカもそれはわかっている。あの女が動かないと、警察も手の打ちようがない。後方警備に変更して、リカの襲撃を誘った方がメリットは大きい」

「ですが……」

「もちろん、我々だけの判断で決めることじゃない。二人が了解すれば、という話だ」

戸田が萌香、そして宇都子の顔を順に見た。そうは簡単にいかんじゃろね、と宇都子が苦笑いを浮かべた。

「あれは狡猾な女じゃ。今まで、何人も殺されとる。青木さんや探偵さんもそうじゃ。油断はしとらんかったやろけど、あれはどんな手でも使いよるからね……おばあは余計なことやうるさいことは言わん。じたばたしたところで、何も変わらんでね。そいで、おばあには見えちょることもある」

「何が見えてるんです？」

戸田の問いに、自分のことよ、と宇都子が自分を指した。

「おばあにあれは止められん。年を取り過ぎたんじゃ。うまいこと気配を消しちょるから、あれの姿は見えん。気がついた時には、おばあのすぐ後ろにおるじゃろ。ほんまのことを言うたら、病院に籠もろうが、刑事さんらが周りを守ろうが、あれにとってはそんなに違わん。それじゃったら、おばあを囮に使えばええ」

このまま膠着状態が続けば、と戸田が手を振った。

「我々が不利になります。市民であれ、警察官であれ、これ以上犠牲者を出すわけにはいきません。この家から刑事たちを下げても、防犯カメラはそのままですし、リカが近づけば必ず逮捕できます」

青木さんにはすまんことをした、と宇都子が唇を結んだ。

「もうちいとおばあが早う気づいとったら、死なずに済んだかもしれん。ほいじゃけど、久我山の公団で刑事さんや住人が大勢死んだと聞いとる。おばあと萌のために誰かが命を落とすんは辛過ぎる……思うた通りにすりゃあええ」

ご協力に感謝します、と戸田がスマホに触れた。

「リカを放置しておけば、市民の命が危険に晒されます。囮ではなく、あなたたちを守るための対策です」

「わかっとるよ」

「この家から百メートル以内に覆面パトカーを四台置き、常時出動態勢を取りますから、確実にリカを阻止出来ます。お二人の安全のために、警察は全力を尽くします。後はどのタイミングで始めるかですが……」

気をつけた方がええ、と宇都子が言った。

「あれはすぐ近くにおる。うまく隠れちょるが、おるんはわかっちょる。鼻が曲がるような臭いが、どっかからするんじゃ」

インターフォンが鳴り、リビングで待機していた女性刑事が出た。宅配便です、と刑事の声がした。

堀口はインターフォンのモニターに目をやった。制服を着た男が立っていた。

ドアを開けるな、と戸田が命じた。

「サインして受け取れ」

リビングに入ってきた刑事の手に、段ボール箱があった。熊本産スイカ、と側面に文字が記されていた。

「戸田警視長宛てです。伝票に柏原さんの名前があります」

「柏原？」

資料と書いてあります、と刑事が低い声で言った。柏原は一昨日の夜中に死んだ、と戸田が首を振った。

「いつ宅配便を送った？」

一昨日の午前中でしょう、と堀口は箱に目を向けた。

「ぼくも柏原さんも、一昨日は事務所で仮眠を取りました。青木さんがまとめたリカの資料だと思います」

考え過ぎか、と長い息を吐いた戸田の前で刑事が段ボール箱のガムテープを剝がし、素早く蓋を開いた。

嫌な臭いが堀口の鼻をついた。刑事が崩れるように膝を落とした。

「どうした？」

戸田が叫んだ。刑事の手から段ボール箱が落ち、テーブルに座っていた堀口にも中が見えた。

透明なビニール袋の中に、柏原の生首が入っていた。離れろ、と戸田が萌香と宇都子をかばうように前に出た。

「鑑識を呼べ。配達した男も押さえろ……その白い物は何だ？」

保冷剤じゃね、と宇都子がぽつりと言った。

「探偵さんが殺されたんは一昨日の夜中で、あれは死体をどっかに運び、そこで首を切り落としたんじゃ。そのまんま箱に詰めて、コンビニか郵便局で宅配便を頼んだんじゃろ。遅くても、昨日の昼やね」

「まさか……」

「一日以上経っとる。ビニール袋に密閉しても、腐れば臭いがするじゃろうが、保冷剤かドライアイスと一緒に詰めりゃあ、しばらくは何とかなる。消臭剤も仰山入れたん違うか？」

「あなたが言っていた臭いとはこれですか？」

戸田の問いに、違う、と宇都子が首を振った。

「おばあが嗅いだんは、あれの体臭じゃ。おばあと萌を必ず殺す……執念の臭いかもしれん。探偵さんの首を送ってきたんは、お前たちもこうしてやるっちゅう意味やね」

戸田が刑事の腕を抱え、ソファに座らせた。痙攣を続ける刑事の目は虚ろで、何も見ていなかった。

総員聞け、と戸田がPフォンで警備班に呼びかけた。

「リカが柏原の頭部を送りつけてきた。全員、持ち場を離れるな。我々が浮足立ち、冷静さを失えば、リカの思う壺だ。誰もこの家に入れるな。間違いなく、リカは近くにいる。情報支援隊は防犯カメラから目を離すな」

了解です、という声がいくつか重なった。伝票がある、と戸田が声を大きくした。

「送り主は柏原、住所は神田駿河台……堀口くん、これは探偵事務所の住所だな？」

「そうです」

「私宛てになっている。リカは柏原のスマホを開き、データをすべて見たんだろう……待て、コンビニの受領印がある。Q&R聖橋店だ。本庁から刑事を行かせる。繰り返す、各員、持ち場を離れるな。連絡を密にせよ」

戸田がPフォンをオフにした。こめかみからひと筋の汗が伝っていた。

5

二時間後、神田駿河台のコンビニを調べていた刑事から連絡が入った。戸田がスマホをスピーカーに切り替えると、太い男の声が流れ出した。

「本庁一課四係の根崎《ねざき》です。Q＆R聖橋店で店舗の防犯カメラをチェックしましたが、昨日の午前中に宅配便を出したのは四十四人、その中にリカと思われる女性はいませんでした」

「じゃあ、誰が出したんだ？　リカの娘……女の子もいません」

不明です、と根崎が空咳をした。

「ただ、コンビニに伝票控えが残ってました。そのうちの一枚が戸田警視長宛てで、アルバイトと店長に確認すると、昨日の午前八時から九時までの間に受け付けたとわかり、防犯カメラ画像をチェックしました。中学生ぐらいの少年で、段ボール箱を持ち――」

「熊本産スイカ、とロゴが入った段ボール箱だ。少年が送ったのか？　身元は？」

確認中です、と根崎が答えた。

「顔に見覚えがある、とアルバイトが話していました。近くに住んでいる少年だと思いますが、この辺りには進学塾が多く、そこの生徒かもしれません。三十分ほど前から、各進学塾に警察官が行き、少年を照会していますが、まだ見つかっていません。近隣の家も廻ってますが、そちらも同じです」

リカの娘かもしれません、と堀口は言った。写真が届いた、と戸田がスマホを向けた。

「リカじゃないのは確かだ。身長百五十センチほど、変装で背は縮められない……だが、リカの娘かもしれない。十歳前後の子供は見分けがつきにくいし――」

　少年です、と根崎の声がした。

「アルバイトの話では、週に一、二度来て、雑誌を立ち読みしたり、お菓子を買ったりする、普通の子供で、間違いなく少年だと――」

「なぜ少年が宅配便を送った？」

「頼まれたのでは？」

「リカにってことか？」

「他に考えられません。自分がコンビニに入れば、防犯カメラで撮影されるとリカはわかっていたはずです。小遣いを渡したか、騙したのか、そこは少年に聞かないと何とも言えませんが……」

「それで？」

「宅配便伝票はコンビニに置いてありますし、送り先の住所を書き、料金を払えば、子供も利用できます」

「それはそうだが……」

「料金は千円か二千円か、それぐらいでしょう。一万円札を渡し、お釣りはお駄賃だと言えば、子供ならうなずきます。箱の中に人間の頭が入ってるのを、少年は知らないんです。怖

「いとも思いませんよ」

少年の発見を急げ、と命じた戸田が通話を切った。どうなってるんです、と堀口は萌香と宇都子に目をやった。

「少年が柏原さん殺しと関係ないのは確かです。中学生ぐらい、と根崎刑事は話してましたが、その写真を見る限り、十二、三歳でしょう。頭部の切断なんて、できるはずがありません」

リカには他人を操る能力がある、と戸田がうなずいた。

「花山病院でも、勤務医を脅して院長を殺害したようだ。青美看護専門学校でも、クラスの生徒の心理を煽っていたと例の本に書いてあった。少年を意のままにするのは難しくなかっただろう……、柏原の頭を送ってきたのは、一種の宣戦布告だ。リカは焦っている。アジトを突き止められたら終わりだから、その前に決着をつけるつもりなんだ」

「はい」

「この家にいたら、リカが何をするかわからない。中野の警察病院に移ろう。周辺には刑事や警察官が大勢いる。リカが動けば必ず見つけられる」

「今ですか?」

三十分以内だ、と戸田がスマホを摑んだ。

「六台の警備用車両をすべて集める。小野さんと宇都子さんがその一台に乗り、他の五台はダミーだ。窓にスモークを張ってあるから、誰が乗っているかは見えない。それぞれ、別のルートを走れば、リカも混乱する」

「戸田さん、柏原さんの頭部を送り付けたのはリカの挑発です。移動中に襲われたらどうするんです？」

堀口の問いに、今、周囲三百メートル以内にリカはいない、と戸田が言った。

「それは確認済みだ。国道、都道はもちろん、抜け道や私道も警察官が見張っている。今なら安全に中野の警察病院へ行ける。挑発に乗ったふりをして、リカの動きを誘う。空振りに終わっても、小野さんと宇都子さんを守れる。リカはこの家の住所を知っている。ここにいたら、いつ襲われるかわからない」

ひとつだけよろしいか、と宇都子が言った。

「おばあと萌は別の車にしておくれ」

なぜです、と戸田が二人を交互に見た。備えあれば憂いなしじゃ、と宇都子が小さく笑った。

「もしあれが襲うてきても、どっちか一人が生き残りゃあいい……それでええな？」

リカは残酷な猟奇殺人犯ですが、と戸田がスマホをタップした。

「粗暴犯ではありません。走行中の車を追い回したり、車をぶつけるような真似はしないでしょう。仮にそんなことをしても、警備用車両の窓は防弾仕様ですし、ロックをかければ外からドアを開くことはできません。救援を要請すれば、すぐパトカーが来ます……手配をしますから、待ってください」

戸田がスマホに向かって話し出した。いいんですかと尋ねた堀口に、餌は餌じゃけど、と宇都子が苦笑した。

「ほいでも、あれをおびき出せるかもしれん。ここにおったら、あれが何をするかわからんのはほんまのことじゃ。病院に籠もって、その間にあれを警察が見つけてくれりゃあ、おばあも萌も死なずに済む」

そうでしょうか、と堀口は萌香と宇都子を交互に見た。

「何をするかわからない相手です。これまでも、リカは警察の裏をかいてきました。ここにいても危険なのは確かですが、二人を囮にするのは間違っていると……」

二十分後に警備用車両が来ます、と戸田が顔を向けた。

「最低限必要な物だけをまとめて、いつでも出られるようにしてください。着替えは病院で用意します」

バッグを取ってきます、と萌香が立ち上がった。おばあはいつでもええよ、と宇都子が巾着袋を握った。

6

午後一時、六台の警備用セダンが小野家の前に停まった。二台目に萌香が乗り、六台目の宇都子が乗った車に堀口は戸田と同乗した。運転するのは神田駿河台から戻った根崎だ。セダンが都道455号線に向かった。すぐ左折して318号線に入ると、池袋方向です、とナビから声が上がった。

他の車もそれぞれ右折、左折を繰り返し、別の道路を進んでいる。窓のスモークで車内は見えない。これではリカも襲撃できない。

「三十分ほどで着きます」

助手席の戸田が無線を切り替えた。1号車から5号車まで、それぞれの現在位置を互いに伝えている。

こちら2号車村木《むらき》、318号線を走行中、と無線から声が流れ出した。

「小野萌香さんを乗せています。予定通り、一般道で中野に向かいます」

了解、と戸田が答えた。

「こちらは高速に入る。都道318号線から中山道《なかせんどう》に入り、首都高速から早稲田通り経由だ。所要時間、二十七分前後」

中野警察病院の警備はどうなってますか、と堀口は尋ねた。

「病院には通院、入院患者もいるんですよね？　リカが襲撃したら、患者が危険です」

警察にも組合がある、とバックミラー越しに戸田が堀口を見た。

「正確には警察共済組合だ。中野警察病院は警察共済が開設した。だから、ある程度融通が利く。今回、警視庁の要請で別棟のＩＣＵ病棟を空けた。建物として独立しているから、警備を厳重にできる。警備員も警察ＯＢだし、今まで小野さんの家を警備していた者も集めた。リカが敷地内に一歩でも踏み込めば、絶対に逮捕できる。周辺も警備を固めたから、安全は保障されているんだ」

「入るまでに襲われたらどうなるんかの？」

宇都子の問いに、無線があります、と戸田がマイクを手にした。

「さっきも言いましたが、窓は防弾、外からドアを開けることはできません。リカが火炎瓶を投げ付けると？」

ロック確認、と根崎がハンドル脇のボタンを押した。金属音が鳴り、〝ドアはロック済みです〟と合成音声が流れた。

「道が空いてるな」

戸田が窓の外を指さした。六十キロの速度制限を守って、根崎が運転している。そのまま首都高速に上がった。

高速道路ならリカも襲えません、と根崎が小さく笑った。

「十五分で着きます。予定より少し早いですが、問題ないでしょう」

各車に連絡する、と戸田がＰフォンをポケットから取り出した。

堀口は少しだけ窓を開けた。閉め切っているので、閉塞感があった。

こちら６号車、と戸田がＰフォンに向かって言った。

「現在、首都高速を走行中、トラブルは起きていないか？」

何もありません、という声がいくつか重なった。萌と話せるかの、と手を伸ばした宇都子に戸田がＰフォンを渡した。

「おばあじゃ。萌か？」

「わたしです。おばあちゃん、大丈夫？」

ええか、と宇都子が言った。

「おばあは長うない。ほいじゃけど、萌は生きるんじゃ。あれと向き合い、逃げてはあかん。萌には力がある。あれは人の醜い心だけを固めてできちょる。それさえわかっとったらええ」

「おばあちゃん？　どういう意味？」

あれはここにおる、と宇都子がＰフォンを切った。

「何を言ってるんです？」

叫んだ堀口に、臭わんか、と宇都子が囁いた。どうなってる、と助手席の戸田が叫んだ。

「何だ、この臭いは。魚が腐ったような……」

運転席の根崎が振り向いた。おばあには見抜けんかった、と宇都子が背中をシートにつけた。

「まあ、うまく隠れとったもんじゃ。いつからあれと繋がっとったんじゃ？」

すっかり騙された、と宇都子が小さく笑った。短い沈黙が流れた。

final scream

銃声

1

細いメスが閃き、宇都子の胸を突いた。カーディガンに大量の血が飛び散った。

「何を――」

振り向いた助手席の戸田の左目に、深々とメスが突き刺さった。車内を悲鳴が埋め尽くした。

急ブレーキをかけた根崎の頸動脈をメスがかき切った。迸った血がフロントガラスを染め、前が見えなくなった。

うまく隠れちょったの、とかすれた声で宇都子が言った。

「どうなっとるんか、朧げにしか見えんかった……気がついたんはついさっきよ。気配は隠せても、臭いはどうもならん。それにしても酷い臭いじゃね。鼻がもげそうじゃ」

根崎、と左目を押さえた戸田が叫んだ。その口に、堀口が血に染まったメスを突っ込んだ。首の後ろからメスの刃先が飛び出し、戸田の動きが止まった。

おかしいと思うとった、と宇都子が手で胸を押さえた。カーディガンに赤黒い染みが広がっていた。

「探偵さんが殺されたと聞いて、何でやろと思うた。あれのことを調べとったからじゃ、と戸田さんは考えちょったし、そうかもしれん。ほいじゃけど、あれを調べとった者はなんぼでもおる。インターネットをちいといじくったら、いくらでも雨宮リカの名前が出てくると萌が言うとった」

堀口が自分の左肩にメスを刺した。それでごまかせるかの、と宇都子が首を振った。

「戸田さんのせいにするか、運転しちょった刑事さんにやられたと言うんか？　あんたがメスを奪って二人を刺したと？　それもおかしな話よ」

「なぜです？」

「考えてみい、二人は刑事じゃ。柔道でも何でも習っとるやろ。あんたみたいな素人に何ができるかの……まあ、好きにすりゃあええ。おばあはここで死ぬでな。それにしても、何で探偵さんを殺したんじゃ？」

メスを持ち替えた左手で、堀口が自分の右肩に深い傷をつけた。

「柏原さんは真相に迫っていました。危険な存在を排除するのは、リスク回避を考えたら当然でしょう」

あんたがかかわっとるのはわかっとった、と宇都子が呻き声を漏らした。顔に脂汗が浮いていた。

「遠心分離器を探して、あんたと探偵さんは世田谷と杉並の病院を廻っちょった。そして杉並におったあれが探偵さんを見つけて殺した……そないな偶然、あるわけがない。探偵さんを尾行しとったんならともかく、ばったり出くわすなんてあり得んよ。どの病院に行くか、わかっちょったんはあんただけじゃ」

「そうです」

「あんたは電話で探偵さんがどこにおるか聞き出し、先回りしてたんや。成城の駅ん辺りから電話した？　そうやないじゃろ。あんたは大聖医療センターの近くで探偵さんを待ち伏せしとったんじゃ」

名探偵ですねと笑った堀口に、考えりゃすぐわかる、と血で汚れた手で宇都子が顔を拭った。

「じゃが、言うても仕方ない。肝心なところで落ち着かんのが人間ちゅうもんよ……戸田さんは頭のええ人じゃが、そいでも騙された。いや、違うか。あれをおびき出そうとして罠にかかったんじゃ。何もかんも、あれの計算通りじゃね」

宇都子が咳をすると、血の絡んだ痰が飛んだ。

「堀口さんがあれの手先になっちょったとはの……おばあの目も曇っちょったもんじゃ。何でこないなことになったんか、冥土の土産に聞かせてくれんか」

十年以上前からリカを知っていました、と堀口が笑みを浮かべた。晴れやかな笑顔だった。

「ぼくは宗教二世で、生まれた時から天国や地獄、神や悪魔について教えられてました。いろいろあって脱会しましたが、体に染み付いた汚れは洗っても落ちません。本間事件が起きた時、ぼくは中学生でしたが、興味を持つようになり、詳しく調べたんです」

好奇心は猫をも殺す、と宇都子がため息をついた。

「イギリスの古い諺《ことわざ》に、そんなんがあったの……藪をつつくから蛇が出てきよる。つまらんことをしたもんじゃ」

二年半前、青木さんがうちの探偵事務所に入りました、と堀口が笑みを浮かべたまま話を続けた。

「青木さんの恋人……奥山刑事が殺された事件はニュースで見ていました。テレビや新聞はともかく、ネットでは雨宮リカの名前が挙がっていたんです。青木は発砲の責任を問われて警視庁を懲戒免職になった、と柏原さんから聞いていたので、いろいろ質問しましたよ。自分で言うのも何ですが、ぼくは年上に取り入るのがうまいんです」

「そりゃ、おばあも認める」

青木さんも話したかったんだと思いますよ、と堀口が言った。

「一人で抱え込むには大き過ぎるトラウマですからね。でも、誰かに愚痴をこぼしたり、相談するとか、そんなことができない性格でした。柏原さんに言えないことも、ぼくには話していたんです。常識では推し量れない何かを雨宮リカが持っていたのが、よくわかりました……結局、ぼくは宗教から離れられなかったんでしょう。雨宮リカはストーカーで、連続殺人犯ですが、誰よりも強大な存在だとわかり、気づいたら取り込まれていました。ミイラ取りがミイラになったんです」

「青木さん殺しにも手を貸したんか?」

いえ、と堀口が首を振った。

「青木さんはぼくにとって姉代わりでしたし、頼りになる先輩でした。彼女が雨宮リカを追い詰めていたのは確かです。久我山の公団で警察がどれだけ厳重な警戒網を敷いたと？　青木さんの執念と警察の組織力を合わせれば雨宮リカを逮捕できる、とぼくは思っていました。でも、返り討ちに遭った……あの時、ぼくは雨宮リカの側に立つと決めたんです。長いものには巻かれろって言うでしょ？　強い方につくのは当たり前じゃないですか」

「あれもあんたの心の動きに気づいとったんかの？」

そうでしょう、と堀口が今度は自分の太ももにメスを突き立てた。

「あなたと小野さんを守るため、戸田さんは十条の家に籠城しました。行きがかり上、ぼくと柏原さんも加わりましたが、二十四時間常駐じゃありません。事務所に戻って仮眠を取っていた時、彼女から電話があったんです」

「電話？」

「青木さんの名前はニュースでも流れてましたし、神田駿河台の探偵事務所勤務とテロップが出ていました。調べるのは簡単ですよ。調査依頼のホームページには、電話番号も載っています。彼女の声を聞いた瞬間、この人こそ仕《つか》える神だとわかったんです。ぼくは指示に従い、あなたを狙っていました。彼女の心を読めるあなただけが、彼女の障害になるからです」

「探偵さんを殺すことはなかったんと違うか？　あん人には恩があったんじゃろ？」

どうなんでしょうね、と堀口が引き抜いたメスを足の甲に刺した。飛び散った血がシートを汚した。

「柏原さんに洗脳を解かれ、脱会しましたが、何かに帰属していた方が楽なことってあるでしょう?」

「かもしれん」

「柏原さんに悪意があったとは思っていません。善意でぼくのために動いてくれた、と信じてます。殺すのに躊躇がなかったと言えば嘘になりますけど、ぼくにとって重要なのは、彼女の命令に従うことでした。だって、柏原さんを殺せば、ぼくの安全を保障すると言ったんですよ? 自分を守るためには、こうするしかなかったんです」

堀口が宇都子の腹にメスを突き刺し、そのまま横に大きく引いた。血が溢れ、長い腸が座席に流れ出た。

「堀口さん、あれを信じてはいかんよ」

生臭い血の粘った感触に顔をしかめ、宇都子はシートに背中をつけた。

「わかっとるじゃろうに……それにな、あれは神様やない。何でも見通せる力はないんじゃ。おばあはあれに勝てん。それは最初からわかっちょった。おばあは弱い。あんたが思うとるより、小さな力しかないんじゃ。あれは勘違いしちょる……まあええ、おばあは疲れた」

宇都子は目をつぶった。車のドアが開く音に続き、助けてください、と叫ぶ堀口の声が聞こえた。

小芝居がうまいの、と宇都子は苦笑した。それが最期だった。

2

首都高速で停まった車から降り、助けを求めて手を振った堀口を見つけたのはトラックの運転手だった。

十分後、到着した救急車によって、中野の警察病院に搬送された。その時点で、大量出血のために堀口は意識を失っていた。

電話で話す男の声に、堀口は目を開けた。病院の個室だ、とすぐにわかった。壁の時計が午後四時半を指していた。

ちょっと待て、と声がして、スマホを持った中年男が堀口の正面に廻った。四十歳前後だろう。木彫りの人形のように、目が細かった。

「堀口さん、私は警視庁捜査一課の菅原です」

階級は警部、と男が警察手帳を提示し、かけ直すとだけ言って通話を切った。

「菅原？」

リカのために心を病み、入院している菅原警部補の甥です、と男が言った。

「伯父は私の父の兄でした。警察は縁故を重視します。親と息子、伯父と甥、そんな警察官はいくらでもいます」

宇都子さんはと言いかけた堀口に、残念です、と菅原が首を振った。

「失血によるショック死でした。戸田警視長、根崎巡査部長も死亡……あなたが唯一の生存者です。何があったんですか？」

戸田さんが、と堀口は目をつぶった。

「いきなり、宇都子さんを隠し持っていたメスで刺したんです。あっと言う間で、止めることはできませんでした。突然過ぎて、何が起きたのかぼくもはっきり覚えてなくて……根崎さんの首を切り裂いたのと、ぼくに切りつけたのと、どっちが先だったのか、それもわかりません」

水を飲みますか、と菅原が先端の曲がったストローのついたペットボトルを近づけた。顔に巻かれた包帯が邪魔だったが、飲み始めるとすぐに半分ほどの水が喉を流れていった。

何があったんです、とベッド脇の丸椅子に腰掛けた菅原が同じ質問をした。

「あなたの傷は二十カ所以上、顔、肩、胸、足と広範囲に及んでいます。戸田警視長が刺したんですか？」

「はい……いや、わかりません。記憶がぼんやりして……戸田さんが宇都子さんの胸をメスで刺したのは確かです。制止しようとした根崎さんの首をメスで切ると、車内が真っ赤に……そうです、その後、ぼくに切りつけたんです。ただ、助手席の戸田さんと運転席の後ろのぼくは離れていたので、メスが届いたのは顔でした」

目の横から口元まで、と菅原が自分の顔に指を当てた。

「約八センチの長い傷がありました。十八針縫った、と医師から聞いています。他の傷も含め、全治二カ月。顔の傷は長く残ると……」

宇都子さんが戸田さんの腕を摑んだんです、と堀口は言った。

「ぼくを守るつもりだったんでしょう。根崎さんは……死んでいたと思います。ぼくも戸田さんを止めましたが、指と手のひらを切られて、思わず腕を引いてしまったんです」

「やむを得ないでしょう」

「戸田さんが宇都子さんの腹部を抉り、そのままぼくを刺しました。どこを刺されたかは覚えてません。足と手で顔や上半身をかばったのは確かですが……」

そのようです、と菅原がうなずいた。

「二十カ所以上傷があると言いましたが、十一カ所は脚部でした。特に左足が酷く、複数の傷が重なっていました。危ないところでしたね……つまり、戸田警視長があなたたち三人を刺したんですね？」

違います、と堀口は長い息を吐いた。

「振り向いた時、戸田さんの顔はまるで別人でした。何かが乗り移ったような表情になっていたんです。今でも信じられません。でも、宇都子さんを刺した時、殺してやる、と怒鳴っていたのは覚えています」

なぜでしょう、と菅原が首を捻った。

「戸田は警視長です、誰もが認める優秀な警察官でした。いわゆる警察庁キャリアで、今回は自ら志願して警視庁に出向、捜査の指揮を執っていたんです。なぜあなたたちを刺したのか、理由がわかりません」

「ぼくもです」

「戸田と菅原警部補、そして雨宮リカの間には因縁がありました。自分の手でリカ事件に決着をつけたい、そう考えていたのは間違いありません。その戸田が金城宇都子さんと根崎を殺害し、あなたに重傷を負わせたのはなぜか……戸田も死にましたが、あなたが刺したんですか？」

宇都子さんです、と堀口は答えた。

「戸田さんの手からメスを奪い取り、口に突き立てたのを見ました。お前がリカだったのか、と宇都子さんが叫んでいました」

「お前がリカだったのか……どういう意味です?」

わかるわけないでしょう、と堀口は口をすぼめた。

「ぼくは……怖かったんです。宇都子さんはぼくの腕の中で息を引き取りました。譫言《うわごと》のように、あの女が戸田さんの心を乗っ取ったと言ってました。でも……リカは超能力者じゃないんでしょう?　心を乗っ取るとか操るとか、そんなSF映画みたいなことを言われても……」

落ち着いてください、と菅原が堀口の背中に手を当てた。

「捜査を始めましたが、車の中は血の海で調べようがありません。あなたの証言だけが頼りです。我々としてはすぐにでも事情聴取をしたいところですが、絶対安静と医師に止められましてね……」

「ここはどこなんです?　中野の警察病院へ運べ、とぼくを担架に乗せた救急隊員が叫んでいた記憶が……」

聞こえていたんですか、と菅原がうなずいた。

「その通りです。個室が空いていたので、入院の指示を出しました。この病院の警備責任者は私です」

「萌香さんは……知ってるんですか？」

東京にいる宇都子さんの血縁者は萌香さんだけです、と菅原が言った。

「亡くなった、と伝えないわけにはいきません。彼女に宇都子さんの死亡確認をお願いしましたが、手違いで死体をそのまま見てしまって……宇都子さんは腹部を切り裂かれ、内臓がほとんど体の外に出ていました。我々も正視できないほど酷い状態で、ショックを受けたのは無理もないでしょう」

リカが襲ってくるかもしれませんと言った堀口に、備えは万全です、と菅原が強ばった微笑を向けた。

「戸田警視長は萌香さんと宇都子さんを病院内に匿《かくま》い、リカをおびき出すつもりでした。警察病院には他の病院で引き取れない反社団体のトップや幹部が入院することもあります。そのため、厳重な警備が可能です。防犯カメラと出入り口で立哨《りっしょう》する警察官によって、部外者はすぐわかります」

「そうですか」

「雨宮リカの写真もありますし、特徴的な体型ですから、敷地内に入れば必ず見つかります。特Aクラスの危険人物と警視庁は認識しているので、三階建ての病院に二十人の刑事が入り、全員拳銃を携行してます。一階の警備コントロール室に警察官が常駐、何かあれば連絡が入ります。ここ以上に安全な場所はありません」

「宇都子さんはどこに？」

地下一階の霊安室です、と菅原が腕を組んだ。

「萌香さんが付き添っています。戸田警視長、根崎巡査部長も霊安室です。殺人事件なので、解剖の義務がありますが、医師の手配が間に合わなくて、夜十時以降と連絡がありました……看護師を呼んできましょう。傷は酷いが、意識ははっきりしているようです。医師の許可が出たら、詳しい話を聞かせてください」

堀口はベッドで横になった。病室から出て行く菅原の姿を確かめてから、包帯の隙間に指を入れ、頬を左右に強く引っ張った。血の臭いが鼻を覆った。

3

夜八時、堀口は目を開けた。縫合した糸を自分の指で切ったのは、警察の事情聴取を明日に延ばすためだ。

顔中を血だらけにして、痛い、と悲鳴を上げた堀口をかばうように医師と看護師が立ちはだかり、手当が先です、と菅原に言った。

菅原はうなずいただけだった。堀口の顔を見て、どうにもならないと思ったのだろう。

通路にあるトイレに立つふりをして、堀口は病室を出た。三階フロアに人の気配はなかった。

エレベーターに乗り、一階で降りた。面会は夕方五時まで、夕食は六時からだと、看護師と医師が話していた。

一階の受付は無人だった。二十四時間急患を受け付けているが、この時間になると救急車や患者は夜間外来受付に向かう。その辺りはどこの病院も同じだ。

『中野駅のホームから小学生が転落との１１９番通報あり。頭を打ち、意識不明。五分以内に当院に搬送される。一階ＥＲを開放、当直医は待機のこと』

受付のスピーカーから男の声が流れたが、無視して堀口は奥に向かった。

警備コントロール室、とプレートのかかった部屋の前にスーツを着た男が立っていた。刑事だろう。

堀口は柱の陰に隠れた。左右に目をやった男がズボンの前を押さえて、トイレに入った。

（油断している）

堀口は警備コントロール室の中を覗き込んだ。そこには誰もいなかった。

目の前に四台の小型モニターがあり、それぞれに〝正面エントランス〟〝非常口〟〝夜間外来受付〟〝搬入口〟のシールが貼ってあった。非常口を除き、いずれも警備員が立哨していた。

堀口は非常口のカメラに繋がるコードを隠し持っていたメスで切断した。

モニターが真っ暗になったのを確認して、すぐにその場を離れた。刑事はまだトイレから戻っていない。

そのまま、堀口は非常階段で地下に下りた。霊安室のプレートが下がった一角に出て、ドアをゆっくり開けた。

ベッドが三つ並び、すべてに白い布がかかっていた。宇都子、戸田、そして根崎だろう。

二メートルほど離れた椅子に、肩を落とした萌香が座っていた。

「小野さん」

声をかけると、顔を上げた萌香が頰に伝う涙を拭い、大丈夫ですか、と囁いた。

「酷い怪我をした、と刑事さんに聞きました。戸田さんが祖母と根崎さんを殺し、堀口さんを刺したと……」

萌香が三つのベッドに目をやった。何が起きたのかぼくもわからないんです、と堀口は空いていた隣の椅子に腰を下ろした。

「戸田さんは……他の刑事たちと連絡を取り合っていました。あなたが乗っていた車もそうです。宇都子さんと話しましたよね？」

「はい」

通話を終えると、と堀口は額を押さえた。

「突然、戸田さんが宇都子さんをメスで刺したんです。隣にいたぼくにも血しぶきが飛んできました。根崎刑事が急ブレーキをかけて、戸田さんを止めましたが、首を切られて……そこから先はよくわかりません。戸田さんがぼくを刺し、宇都子さんも……なぜあんなことをしたのか、見当もつきません」

「堀口さんの怪我は？」

萌香の問いに、見ない方がいいです、と堀口は首を振った。

「フランケンシュタインの怪物ですよ。顔はつぎはぎだらけ、足もめちゃくちゃです。宇都子さんがメスを取り上げて戸田さんを殺さなかったら、ぼくも死んでいたでしょう。お前がリカだったのか、と叫んだ宇都子さんが戸田さんの口にメスを突き立てていました。どういう意味なのか……」

わたしもわかりません、と萌香が堀口の手を握った。

「でも、想像はつきます。菅原警部補が本間隆雄の体のパーツを発見した後、戸田さんはリカと何らかの形で接触したんでしょう。リカが起こした事件はどれも異常で異様です。そして、リカが犯人だとわかっているのに逮捕できなかったのは、上層部の誰かが捜査を妨害していたからだと思います」

「その誰かが戸田さんだと？」

　他に考えられません、と萌香が低い声で言った。

「最初にホテルのラウンジで会った時、リカを逮捕し、すべてを終わらせるのが私の義務だ……戸田さんがそう話していたのを覚えています。菅原さんに恩義があるからだと理由をつけてましたし、警視庁内でもそれを主張していたんでしょう」

「はい」

「でも、リカ関連の事件は連続していません。時期もバラバラで不規則です。すべての事件を継続的に捜査できるのは、戸田さんしかいなかったでしょう。指揮を執るふりをして、リカに情報を流していた……なぜリカが逮捕されなかったのか、それで説明がつきます」

「信じられません。柏原さんを殺したのも戸田さんですか？　久我山の公団で青木さんや井島警部補が罠を張っているとリカに知らせたから、逆に襲われた？」

　祖母《いい》が話してました、と萌香が手前のベッドを指さした。

「あれは人の弱みに付け込み、利用すると……わたしは高校生だったリカを知っています。美しく、聡明で、上品で、清楚な女子高生の仮面をつけ、その陰でクラスメイトを操っていました。誰にも彼女の真の姿は見えません。信じた者、彼女の言いなりになった者が大勢いて、何人も殺されましたけど、すべて事故として処理されています」

「知ってます」

「リカがその場にいても、あの子がそんなことをするはずがない、と誰もが思い込んでいました。いえ、思い込むように仕向けられたのかも……戸田さんもそうだったんでしょう。意思と関係なく、心をコントロールされていたんです。最後には精神のバランスを失い、祖母と根崎刑事を殺し、堀口さんは巻き添えになったんでしょう」

「リカが宇都子さんを殺したのは、自分の能力が通じない相手だとわかっていたからですか？」

祖母は最初からリカの正体を見抜いていました、と立ち上がった萌香が白い布をめくった。目を閉じた宇都子が横たわっていた。

「二十年以上前、リカがわたしの高校に転校してきた時からです。孫のクラスに邪悪な何かがいる、それは意思に沿わない者をことごとく殺すと……地震や台風と同じで、抗ってもどうにもなりません。逃げるしかないんです。災厄からわたしを守るため、祖母は転校や転居をわたしの母親に命じました」

「そうでしたね」

リカにとって祖母は不快な存在でした、と萌香が白い布を戻した。

「あの女が殺人を続けられたのは、誰も正体に気づかなかったからです。見た目に騙された者がどれだけいたか、わたしにもわかりませんが、高校の生徒、教師、かかわった者のほとんどがリカのコントロール下にあったと思います」

「そうかもしれません」

「でも、祖母はリカの中にある恐ろしい憎悪の塊を、見えない目で見ていました。リカもそれに気づき、祖母を不快に思っていたんです。青木さんを救うため、祖母はわたしを久我山に向かわせ、リカの娘に重傷を負わせました。どれだけ祖母を憎んでいたか……」

ここにいれば大丈夫です、と堀口は囁いた。

「菅原警部が言ってました。ここは警察病院だから警備は万全だと――」

菅原さんは井島警部補の大学の先輩だったそうです、と萌香が言った。

「他の刑事さんが話していました。井島さんを警視庁に誘ったのは菅原さんで、後輩を殺したリカへの復讐を考えているようです。わたしを餌に、リカをここへおびき寄せるつもりかもしれません。それならそれで構わない、と思っています。長い間、逃げ続けてきました。どこかで終わらせないと――」

廊下を歩く足音が遠くから聞こえた。堀口は小さくうなずいた。

4

頭の悪いババアが死んだ。あははは、ざまあみろ。笑っちゃう。

どうかしていた。あんな奴は殺されて当たり前。死ねばいいんだ。

あの女はリカの娘を傷つけた。小さな女の子を車で轢くなんてあり得ない。おかしい、頭が悪い。

リカの幸せを妬んでいたのね。きっとそう。リカはなんでもしっているあのおんなあのおんなあのおんな
悪いことをしたら、怒られないと駄目。叱られないと駄目。罰を受けないと駄目。

あの女がここにいるのはわかってた。だって、警察は馬鹿だから。

頭がどうかしてるから、同じ間違いを繰り返す。何て間抜けなの。

安全？　安全って何？　安全なんてない。どこにもない。リカは知ってる。

あの男は役割を果たした。偉いわ。リカ、誉めてあげるね。

病院なんてただの箱。大きすぎるから、警備なんてできない。できるはずがない。

だから、防犯カメラに頼る。それで安全だと勘違いしてる。

そんなわけないじゃないほんとうにあたまがわるいわねむりなのできるはずがない
そんなこともわからないああリカはほんとうにあいつらがきらいきらいはらがたつはらが

落ち着きましょう。冷静になりましょう。あの女を殺せば、それで終わり。

あの男には感謝してる。あのババアを殺したから。

リカの言うことを聞いていれば幸せになれる。それがわかっただけでも、頭は悪くない。いい子ね、リカが誉めてあげましょう。

警察はあの女をこの病院に隠した。そのつもりだろうけど、防犯カメラを潰せば何にも見えない。出入り口に何人警官が立っても無駄。だって、人間だから。

立っているだけじゃ気が緩む。誰だってそう。油断する。

安全だって思い込んでいるから、余計にそうなる。馬鹿ね。

外から入るのは難しい。だけど、中に協力者がいれば簡単。

あの男は指示を守った。えらいねリカいいこいいこしてあげるすきじゃないけどじぶんのしごとをきちんとやったから
あの女がどこにいるか、考えるまでもない。不幸な女。逃げ隠れするだけの人生。

あらゆるものを捨てて、命だけは永らえたけど、それに意味なんてない。あるわけがない。

父親も死に、結婚したけど別れるしかなかった。ざまあみろ。報いだ。お前には報いが必要なんだ。呪われろ。偉そうに。何様のつもり？　何でそんな目でリカを見る？　哀れなのはお前なんだよ。そして、たった一人の祖母が死んだ。殺された。あはは。死んだんだ。

あの女は寂しい。どうしようもなく寂しい。死んだ老婆のそばにいたいと願う。かわいそうに。リカとは全然違うリカはいつもみんなのあこがれでとりまきがたくさんいてともだちはかぞえきれないしこいをしてあこがれたみんなリカにあこがれていたんだ

金城宇都子は頭のいかれた刑事に殺されました。殺人です他殺です変死です解剖すると法律で決まっています。

だから、小野萌香は霊安室にいるのです。解剖されたら人は人じゃなくなる。体がバラバラになったら、人でなくなっちゃう。

それまで一緒にいたい、とあの女は思う。あはは。なんてわかりやすいんでしょう。あはははは。

誰もリカの邪魔はできない。ほら、見て。誰もいないでしょ？

だって、みんなリカに従っているから。リカを崇めているから。

止めるなんてできない。リカは正しいことをしている。誰だって知ってる。たかおさん、病院にいるとあなたを思い出す。どうしてここにいないの？　いつも一緒にいるって言ってたのに。

誰も運命から逃れられない。たかおさんは病気になってしまった。リカは一生懸命看病した。誰に聞いてもそう言う。たかおさんのために生まれてきたから。あれは運命だったの。

でも、リカは看護師で、医者じゃない。できることは限られている。たかおさんを失うぐらいなら、リカが死んだ方がまし。だから、たかおさんを入院させるしかなかった。

それきり、たかおさんと会えなくなった。どうして？　何で？

リカにはわからない。ずっとたかおさんをさがしていたそうしたらわかったのここにいるってもうだいじょうぶたかおさんはなおったたかおさんはだいじょうぶリカがきたからもうだいじょうぶふたりでおうちにかえろう

ああ、ここだ。たかおさんはここにいる。待ってて、たかおさん。

今、ドアを開ける。リカが抱き締めてあげる。

良かった。たかおさん、リカは幸せよ。

5

霊安室のドアが開いた。背の高い異様に痩せた女が立っていた。

リカ、と萌香はつぶやいた。その腕を堀口が凄まじい力で摑んだ。

「指示通りにしました」

堀口の喉から強ばった声が漏れた。ありがとう、と透き通った声でリカが答えた。天使のような美しい声に重なり、凄まじい悪臭が霊安室に広がった。

雨宮リカ、と萌香は小声で言った。

「ずっと、あなたが怖かった。隠れているしかなかった。わたしに気づけば、殺しに来るとわかっていたから」

変なことを言うのね、とリカが甲高い声で笑った。

「殺すなんて、そんな残酷なことリカはしない。リカはね、誰のことも愛してる。愛する者を殺すなんて、馬鹿なことを言わないで」

あなたは升元晃くんを殺した、と萌香はリカに指を突き付けた。声が大きくなっていた。

「それだけじゃない。わたしがどれだけあなたのことを調べたか……高校でも中学でも、あなたは人を殺している。二十人以上よ。自分の両親や姉も殺した。あなたは雨宮リカじゃない。妹の結花よ」

何を言ってるの、とリカがゆっくり首を傾げた。異様な角度でねじ曲がった首が床と水平になった。

あなたは青美看護専門学校で百二十人以上の生徒や先生を殺した、と萌香は言った。

「講堂に火をつけ、集まっていた生徒たちを焼き殺した。そして、自分も犠牲者の一人に見せかけて姿を消した。看護師の資格はどうやって取得したの？　いくつかの病院に勤めたのはわかってる。そして、どこの病院でも不審な死に方をした医師や看護師がいる。事故や自殺に偽装して、あなたが殺した」

証拠もないのにそんなことを言うなんて、とリカがこめかみを指で叩いた。

「頭は大丈夫？　教えてあげるけど、名誉毀損で訴えられてもおかしくない。でも、裁判にはならないかも。だって、いかれた女が何を言っても、耳を貸す者なんていないもの」

どうかしているのはあなたたちよ、と萌香はリカと堀口を交互に見た。

「何人殺せば気が済むの？　堀口さん、目を覚まして。宗教二世のあなたを救ったのは柏原さんでしょう？　リカに操られただけなら、あなたは人殺しじゃない。青木さんは恋人の奥山刑事、そして菅原警部補と梅本刑事を奪ったリカへの復讐を考えていた。あなたも青木さんを慕っていたはず。その青木さんを殺したのはリカなのよ?」

　慕ってなんかいません、と堀口が唾を吐いた。

「あの女は勘違いしていました。自分より強大な神を倒せる……そんなわけないでしょう。ぼくたちは庇護されるべき弱い人間なんです。神に逆らっても、いいことなんてありません。それがわからないなら、あなたに生きる意味はないあのおんなとおなじでさっさとしんだほうがいいんだ」

　残酷な女ね、とリカが手を上げた。その指がメスを握っていた。

「あの子を車で轢くなんて……まだ十歳よ? 子供なのよ? お前は里佳を殺そうとした。目に浮かぶ殺意が見えたからわかる。殺すつもりで轢いた。信じられないあんなかわいいこをころそうとするなんてそんなのにんげんじゃないにんげんじゃない」

　飛びかかった堀口が、萌香の喉に手をかけた。リカの哄笑《こうしょう》が霊安室に響き渡った。

　不意に、堀口の膝が折れた。行き場を失った手が空を切り、そのまま倒れた。

6

銃声が続けざまに鳴った。吹っ飛んだリカが壁に叩きつけられ、反動で勢いよく前のめりに倒れた。

「小野さん、大丈夫ですか?」

ベッドから声がした。白い布の下で、菅原ともう一人の刑事が銃を構えていた。

「白井《しらい》、リカに近づくな……堀口は?」

三十代半ばの男が素早くベッドから下り、堀口の首筋に触れた。

「死んでます」

白井が萌香の腕を摑み、ベッドまで下がった。動かないリカの体に向けて、菅原が引き金を引いた。硝煙が霊安室に漂った。

菅原警部、と白井が首を振った。

「自分は四発撃ち、堀口に二発、リカに二発命中させました。警部は五発全弾をリカに撃ち込んでいます。これで死ななかったら——」

黙ってろ、と菅原が警視庁の正式採用銃〝SAKURA〟の弾倉に弾丸を再装塡した。

「青木が十二発撃っても死ななかった化け物だぞ? 油断するな。リカの手を見ろ。まだメスを握っている……病院内にいる全警察官に連絡、霊安室に集めろ。出入り口は一カ所だけだ。何があっても逃がすな」

白井が胸の無線機のボタンを指で押した。

「こちら白井。総員、地下一階の霊安室に来てくれ。大至急だ。リカは死亡したと思われるが——」

いえ、と萌香が囁いた。リカの指がかすかに動いていた。

床に手をついたリカが立ち上がった。白いワンピースが血で真っ赤に染まっていた。

おまえ、とリカが萌香にメスを向けた。

「おまえおまえおまえおまえおまえおまえおまえおまえおまえおまえおまえおまえおまえおまえおまえ」

低かった声がどんどん高くなり、声そのものが凶器と化した。

悲鳴を上げた白井が〝SAKURA〟の引き金を引いたが、弾は天井に当たっただけだった。

両手を広げたリカが萌香に襲いかかったが、菅原の方が速かった。二発の弾丸がリカの右腕に当たり、肘から先がちぎれ飛んだ。

リカが左手で右腕を押さえた。凄まじい血の臭いと、信じられないほどの悪臭が霊安室を包み込んだ。

三度、銃声が続いた。その度に、リカの体が弾けた。体中から溢れた血が床を染めていった。

「白井、リロード！」

菅原が〝SAKURA〟の弾倉から薬莢を落とし、改めて五発の弾丸を押し込んだ。白井も震える手でそれにならった。

菅原、とドアの外で声がした。

「SAT隊長の綾部《あやべ》だ。突入する！」

いえ、と銃口をリカに向けた菅原が怒鳴った。

「SATはドアを死守してください。私と白井、そして小野萌香さん以外の誰かが外に出たら、撃ち殺して構いません。射殺許可も出ています」

待機する、と綾部が大声で言った。白井、と菅原が一瞬目を向けた。

「リカの死を確認する。お前は小野さんを守れ。俺が殺されたら、お前がリカを殺すんだ」

拳銃を構えた菅原がゆっくりリカに近づき、メスを握っていた右腕を肘ごと蹴飛ばした。

動脈が切れたリカの腕から、血が迸った。

どうですか、と怯えた声で白井が言った。答えずに、菅原がリカのこめかみに銃口を当て、そのまま引き金を引いた。リカは動かなかった。

死んだ、と菅原が額の汗を拭った。いえ、と萌香は立ち上がった。

「まだです」

落ちていたメスを拾い、萌香は刃先をリカの喉に押し当てた。全体重を上からかけると、リカの首が裂け、白い骨が見えた。

7

菅原は白井と共に萌香の両腕を支え、霊安室のドアを開けた。雪崩れ込んできたSAT隊員が絶句した。

床にリカの頭と体が転がっている。何もかもが血で真っ赤だ。

後を頼みますと言った菅原に、了解した、と先頭にいた綾部がうなずいた。

暗い廊下を進み、菅原はエレベーターで一階に上がった。ERの前で、看護師が頭に包帯を巻いた少女に名前を聞いていた。持ち場に戻ります、と白井が引き返していった。

座りましょう、と菅原は受付前の長椅子を指した。青ざめた顔の萌香がうなずき、ゆっくり腰を下ろした。

一連のリカ事件は終わりました、と菅原は口を開いた。

「逮捕ではなく、射殺ですが……これ以上犠牲者は出せません。わかっているだけでも、リカは二百人以上を殺していますし、その中には警察官も含まれます。殺す以外、リカを止めることはできません」

祖母が殺された時、と萌香が言った。

「車の中で何が起きたか、頭に映像が浮かびました。わたしはすべてを見ていたんです。映像を送ったのは祖母で、堀口さんがリカに心を乗っ取られたこと、そしてわたしを殺すためにリカがこの病院に来ることも……祖母は自分の命と引き換えに、能力をわたしに譲ったんです。それはリカにもわかりませんでした」

あなたのおばあさん、戸田警視長、根崎巡査部長、と菅原が指を折った。

「三人を殺害したのは堀口です、とあなたが言ったのは彼がこの病院に搬送される前でした。堀口の傷を調べると、不審な点が見つかりました。両腕、両足で戸田警視長がふるったメスを防いだと話してましたが、右腕の傷だけ浅かったんです」

「左手でメスを握っていたからです。それは菅原さんにも話しました」

「そして、リカがこの病院に現れる、自分が囮になるとあなたは言った。霊安室をネズミ捕りの罠にすると……」

「そうです」

「霊安室の出入り口はひとつだけで、窓はありません。入ってしまえば出られない造りです。あなたは堀口がどう動くか知っていた。いつリカが現れるかもです。予感ではなく、確定した未来を話しているとわかり、待ち伏せすると決めました」

私の伯父はリカに心を殺されました、と菅原が話を続けた。

「井島は大学の後輩で、親友でもありました。そして、白井は久我山の公団で連絡担当を務めていました。彼は上司と同僚を殺された無念を晴らすため、危険な任務に志願したんです」

霊安室にリカをおびき寄せるため、と萌香はひきつった笑みを浮かべた。

「一階の受付を無人にして、非常口からは警察官を下げ、防犯カメラを堀口が壊しても放置する。危険を察知すればリカはすぐ逃げる。安全だと思わせるために警備を解く……わたしが仕掛けた罠はそれでした」

あなたが首を切り落とすとは思っていませんでした、と菅原が肩をすくめた。

「しかし、リカは異常な生命力を持っています。頭部に九発の弾丸を浴びても、死ななかった女ですからね」

後悔していません、と萌香はうなずいた。

「確実にリカを殺す手段は他にないんです。殺人罪で逮捕されても構わないと――」

あり得ませんよ、と菅原は萌香の肩に手を置いた。

「本来、警察は被疑者の死を事件解決と見なしません。リカには余罪もあったはずで、詳しく調べるべきでしたが、そんな悠長なことを言ってる場合じゃないと――」

「おばさん」

声に振り向いた萌香の首に、看護師と話していた少女がカッターナイフを突き刺した。あまりにも素早い動きに、菅原は何もできなかった。

看護師が悲鳴を上げた。ふらふらと立ち上がった萌香が首を手で押さえたが、凄まじい勢いで血が噴き出していた。

「リカ……の娘……」

萌香が長椅子に倒れ込んだ。カッターナイフを捨てた少女が笑みを浮かべ、両手を菅原に向かって突き出した。

「ごめんなさい。お医者さんを呼んでください。おばさんが死んじゃう」

ドクター、と菅原は怒鳴った。医師がＥＲから飛び出してきた。

「何があったんです？」

この子に首を切られたんです、と菅原は萌香を抱えた。

「早く手当を……出血を止めてください！」

あの子を、と萌香が血にまみれた手で菅原の腕を摑んだ。

「あの子を殺して……殺さないと……」

ストレッチャーに乗せた萌香を医師と看護師がＥＲに運び込んだ。誰もいなくなった受付で、菅原は少女と向き合った。

おじさん、と少女が言った。

「里佳、自分が何をしたかわかんない。どうしてあんなことをしたんだろう……たまたまカッターナイフを持っていて、何となく使ってみたくなっただけ。でも、里佳がおばさんを刺したのは本当。だから逮捕してください」

菅原は腰のホルスターから〝SAKURA〟を抜き、少女に向けた。

この少女はリカの娘だ。母親を殺した萌香を刺し、仇を取った。

まだ十歳、とリカは言っていた。十四歳未満の児童は責任能力がないと見なされ、逮捕できない。できるのは保護だけだ。

明確な殺意が少女の中にあった。あれだけの大量出血だ。萌香は死ぬ。

それでも、少女は罪に問えない。国立の児童自立支援施設に送致されるだけだ。そこで精神的なケアを受け、二年後に社会復帰する。

この少女はそれを知っている。だから自分の罪を認め、自首した。

（殺さなければ）

すべてが計算に基づいていた。これ以上の完全犯罪はない。

少年法に守られ、前科もつかないし、少年院送りにもならない。児童自立支援施設は精神的な治療のためにあり、犯罪者として扱われることもない。

二年後、少女は施設を出る。そして、母親以上のモンスターと化す。どんなに残酷な事件を起こすか、想像もつかなかった。

「おじさん、里佳を殺すの？」

少女が一歩近づき、菅原は一歩下がった。ここで引き金を引けば、第二の雨宮リカの誕生を阻止できる。

撃つべきだ。撃たなければならない。いずれ、目の前にいる少女は誰よりも醜い怪物になる。

「菅原、何をしてる！」

エレベーターから飛び出してきた綾部が怒鳴った。この子が小野萌香を殺した、と菅原は撃鉄を起こした。

「だが、逮捕はできない。子供だからだ。畜生、すべてわかってやがる……こいつは悪魔だ。綾部さん、俺は……俺は……」

「止めろ、菅原！　撃つな！」

綾部がオートマチックのＭ３９１３銃を構えた。

「子供だぞ？　自分が何をしてるか、わかってるのか？　菅原、俺に撃たせるな！」

おじさん、と少女が囁いた。

「撃ちなよ。撃てば悪夢が終わる。ここで里佳を殺さなかったら、きっと後悔する。だって、里佳はおじさんの奥さんを殺すから」

少女が見ていたのは菅原の薬指の指輪だった。

こいつは本当にやる、と菅原は唾を飲んだ。妻の涼子《りようこ》、そして息子の和人《かずと》を殺す。

ただ殺すのではない。体のパーツをバラバラにして、クリスマスのオーナメントのように飾り付けるだろう。

だが、法律では裁けない。

体の奥から熱い鉄の塊が喉元まで迫り上がった。くそったれ、と菅原は引き金に指をかけた。

銃声が響いた。

『リボーン』後書き

＊　＊　＊

小説『リカ』は二〇〇二年二月に単行本が刊行、翌二〇〇三年十月に文庫化されました。

そして今は二〇二四年六月、私の日記によると『リカ』を書き始めたのは二〇〇一年四月ですので、二十三年以上「リカ・クロニクル」を書き続けてきたことになります。

そして、本作で全九冊のシリーズ完結となるわけで、それなりに感慨深いものがありますが、どこか別の世界で「あの女」は生きているのかもしれません。

見かけたら、異様な外見と臭気でわかります。何度も書いてきましたが、藪をつつかなければ蛇には噛まれません。知らん顔をして通り過ぎるのがベストな対処法です。

＊　　＊　　＊

「リカ・クロニクル」で、私は意図的に時系列をバラバラにしています。普通は刊行順に時間が経過しますが、あえて過去に、あるいは未来に時間を飛ばし、その時代を背景に小説を書いてきたつもりです。

整理すると、「リカ・クロニクル」の刊行順は次のようになります。『リカ』↓『リターン』↓『リバース』↓『リハーサル』↓『リメンバー』↓『リフレイン』↓『リセット』↓『リベンジ』↓『リボーン』（本書）

時系列順に並べると、以下のようになります。『リバース』↓『リセット』↓『リフレイン』↓『リハーサル』↓『リカ』↓『リターン』↓『リベンジ』↓『リボーン』（本書）↓『リメンバー』

まず刊行順に、そして時系列順に読んでいただくと、ひと粒で二度美味しい小説になるはずです。時間に余裕のある方はぜひお試しください。

＊　＊　＊

振り返ると、この二十年で世界は一変しました。

私が『リカ』を書き始めた二〇〇一年の春頃、既に多くの人が携帯電話を持ち、会社ではそれぞれのデスクにパソコン端末が置かれるようになっていましたが、まだ時代は牧歌的でした。平和な日常が続いていたのです。

何もない一日のどこかに小さな黒い染みを落とすだけで、恐怖を生み出せたあの頃だからこそ、『リカ』を書けたのは確かです。ホラーが書きやすいジャンルだった時代の産物、と言えるかもしれません。

二〇〇〇年前後、携帯電話もインターネットも「適度に不便」な物だったのを、皆さんは覚えていますか？

携帯電話で言えば「圏外」の場所もまだ多く、地下に降りれば繋がらなくなるのが普通でした。グーグルその他の検索エンジンで調べ物をしていても、肝心なところで画面がフリーズしたり、急に動作が遅くなる、そんな経験は誰にでもあったはずです。

そこには「異世界に直結する穴」が存在していました。人間離れした何者かが蠢く「曖昧な自由さ」もありました。

それは形を変えた「意識的な悪意」でした。悪意が働けば、さまざまな恐怖が生まれます。超自然的なホラーではない、いわゆる「本当に怖いのは人間」（ヒトコワ）系のホラーを書く土壌として、ふさわしいものがあったのです。

ところが、従来の携帯電話がスマートフォンに駆逐され、ネット環境が整備された世界にＳＮＳが登場します。これこそがまさに「魑魅魍魎《ちみもうりょう》が跋扈《ばっこ》する世界」で、匿名の発信者が差別や偏見を意識的に、更には無意識的にばらまくようになりました。

リカについて、最初から私は「承認欲求の塊」というキャラクターを思い描いていました。日常生活において、特に異常な点はないけれど、ひとつボタンを掛け違えると常軌を逸したキレ方をする人、と設定していたわけです。

どのタイミングで、何をきっかけにキレるかはリカのさじ加減で、そのために反応がまったく読めないキャラクターになりました。ヒトコワ系ホラーで最も恐ろしいのは「何をするかわからない人」ですから、リカもそれなりに怖い人になりました。

私としてはいい設定だと思っていましたが、時代はあっさりリカを追い抜き、何かあれば、そして今や何もなくても、ＳＮＳ上で悪口、罵詈《ばり》雑言《ぞうごん》、敵意、憎悪、あらゆる負の感情が飛び交うようになりました。

彼ら彼女らはリカよりも限度を知りません。そして、リカよりも自分が信じる正義に忠実です。

現代を舞台にしたホラーが書きにくくなった、あるいは『リカ』的なスタイルのホラー小説を書いても意味がない、とある時期から私は考えるようになっていました。

何しろ、現実の方が圧倒的にリカを凌駕《りょうが》しているのです。本書『リボーン』で「リカ・クロニクル」が完結するのは、そういった事情によります。

ただし、別の形でリカを描くことはあり得るでしょう。それはホラーでもミステリーでもサスペンスでもなく、何と呼べばいいのかわからないジャンルの小説になるはずです。

*　*　*

改めて、二十二年以上に及ぶ長い間、お付き合いをしていただいた読者の皆様に感謝します。

ある時点から「わたしにはリカの気持ちがわかる」「同じ立場なら、リカと同じことをするかもしれない」というようなリカへの共感を語る方が増え、作者の意図と違う形で育っていくリカに怯えつつも、向き合い続けることができたのは、皆様の応援があったからです。

『リカ』は私のデビュー作で、「デビュー作にはその作家のすべてが詰まっている」とよく言われます。

いやいや、そんなことはないですよ、と言いたいところですが、自分の中の「無意識の悪意」は否定できません。

リカという闇に堕ちないように、日々を過ごしていきたいと自戒を込めて思っています。

皆様もお気をつけください。

二〇二四年六月、吉祥寺にて　　　　五十嵐貴久本書は、「小説幻冬」（二〇二三年七月号〜二〇二四年二月号）の連載に加筆・修正した文庫オリジナルです。

リボーン

五十嵐貴久《いがらしたかひさ》

令和6年7月15日　初版発行

発行人――石原正康
編集人――高部真人
発行所――株式会社幻冬舎
〒151-0051東京都渋谷区千駄ヶ谷4-9-7
電話　03(5411)6222(営業)
　　　03(5411)6211(編集)
公式HP　https://www.gentosha.co.jp/

印刷・製本―TOPPANクロレ株式会社
装丁者――高橋雅之

幻冬舎文庫

ISBN978-4-344-43394-6　C0193　い-18-21